Nicolas Vanier

Amoureux du Grand Nord qu'il a découvert dans les romans de Jack London, Nicolas Vanier, né en 1962, explore depuis toujours les grands espaces vierges, du Labrador à la Sibérie en passant par l'Arctique, à cheval, en canoë ou en traîneau à chiens. Écrivain, photographe, réalisateur, il a livré ses découvertes, ses rencontres et ses émotions dans une vingtaine d'ouvrages (albums, romans et récits de voyage) et dans des films comme *L'Enfant des neiges*, *Le Dernier Trappeur* ou encore *Loup*, adaptation du roman éponyme paru en 2008 et tourné en Sibérie dans des conditions sans précédent. Son roman *Belle & Sébastien*, publié chez XO en 2013, a été adapté au cinéma la même année.

Il est également l'auteur, chez Robert Laffont, de *Transsibérie 90 : le mythe sauvage*, *La Vie en Nord*, *Destin Nord* et *L'Odyssée blanche*, dans lesquels il raconte ses différentes expéditions.

Retrouvez toute l'actualité de l'auteur sur :
www.nicolasvanier.com

LA VIE EN NORD

DU MÊME AUTEUR
CHEZ POCKET

Le Grand Brame
Belle & Sébastien

L'Odyssée blanche
L'Or sous la neige
Mémoires glacées
Loup
Destin Nord
La Vie en Nord

Le Chant du Grand Nord

1. Le Chasseur de rêve
2. La Tempête blanche

Le Grand Voyage

1. Mohawks et le peuple d'en haut
2. La Quête de Mohawks

NICOLAS VANIER

LA VIE EN NORD

Douze ans sur la piste des trappeurs

ROBERT LAFFONT

Pocket, une marque d'Univers Poche,
est un éditeur qui s'engage pour la
préservation de son environnement et
qui utilise du papier fabriqué à partir
de bois provenant de forêts gérées de
manière responsable.

Le Code de la propriété intellectuelle n'autorisant, aux termes de l'article L. 122-5, 2° et 3° a, d'une part, que les «copies ou reproductions strictement réservées à l'usage privé du copiste et non destinées à une utilisation collective» et, d'autre part, que les analyses et les courtes citations dans un but d'exemple et d'illustration, «toute représentation ou reproduction intégrale ou partielle faite sans le consentement de l'auteur ou de ses ayants droit ou ayants cause est illicite» (art. L. 122-4).
Cette représentation ou reproduction, par quelque procédé que ce soit, constituerait donc une contrefaçon, sanctionnée par les articles L. 335-2 et suivants du Code de la propriété intellectuelle.

© Éditions Robert Laffont, S.A., Paris, 1993
ISBN : 978-2-266-22007-1

*À Diane,
à Montaine.*

Première partie

Introduction

Cette fois-ci, j'arrivai au début de l'été, quand le Grand Nord sort de l'hiver et que l'immensité blanche tourne au vert, devient ce moutonnement végétal, ponctué du miroitement argenté des lacs et des rivières. J'avais promis à mon ami Nicolaï de revenir début mai, quand commence dans la toundra la transhumance du grand troupeau de rennes. J'étais à l'heure au rendez-vous.

La dernière fois, c'était l'hiver : le Grand Nord ressemblait à la mer. Une mer entièrement blanche. Même les épinettes qui surgissaient par endroits se distinguaient à peine, noyées dans le monde blanc.

Alors le blanc s'étendait sur des milliers de kilomètres carrés. Cette couleur, qui n'en est pas une, finissait par user le regard habitué à trouver des points de repère. Fascinés par l'immensité, nous cherchions une trace, un petit rien qui rendrait cette terre un peu plus accessible.

Parfois l'œil accrochait une empreinte laissée par un animal sauvage qui avait erré dans les solitudes en remuant la neige épaisse et froide de l'hiver. Sa piste marquait une sorte de frontière dans ce pays sans bornes où, lorsque souffle le vent, terre et ciel chargés de neige se confondent, contraignant tout ce qui vit à courber l'échine.

Quand le blizzard hurle sa toute-puissance, l'homme se tait, angoissé. Il est parcouru par des sentiments excessifs et contrastés. Il peut passer sans transition de la crainte que lui donne le hurlement ancestral des loups dans la nuit glaciale à l'admiration suscitée par une aurore boréale déroulant ses écharpes de lumière pâle dans le ciel de l'Arctique.

Et l'été n'est jamais assez long, ni assez chaud, pour effacer l'hiver.

Autrefois les pays d'en haut étaient habités.
On croisait fréquemment la piste d'un trappeur ou celle d'un Indien, et l'on souriait à des Esquimaux occupés à pêcher dans la banquise.
Aujourd'hui le pays est désert. Ou presque. Les hommes partis ont emporté avec eux ce que le pays d'en haut avait de plus beau, de plus précieux : son âme.
Retranchés ou repoussés dans les villes, ces hommes ont oublié leur vie d'avant. Ils ne savent plus vivre la mer blanche de l'hiver arctique, ni même marcher dans la masse verte de la forêt nordique. C'est triste, parfois, cette immensité dépeuplée.
Mais il reste encore une poignée d'hommes pour préserver, dans les solitudes d'un monde oublié, les rudiments d'une très ancienne philosophie, celle qui dévoile les secrets d'une adaptation à la nature que nous avons oubliée, oubliée depuis longtemps.
Il m'a fallu aller jusqu'en Sibérie pour rencontrer ces hommes rares. Ailleurs ils n'existent plus. Ni au Canada, ni en Alaska, ni même en Laponie. Ou alors ils existent si peu. De façon si précaire. Ils vivent en sursis, se sachant condamnés à disparaître, comme l'ours des Pyrénées.
Mais les Évènes, eux, étaient encore bien vivants. En les rencontrant, j'ai eu l'impression d'être enfin arrivé au bout d'une longue quête. Cette quête presque initiatique

méritait que je m'arrêtasse un instant. En revenant cet été chez les Évènes, je marquai une pause.

Les immensités que j'avais traversées m'avaient ramené aux sources de ma mémoire J'avais toujours utilisé les vieux moyens de locomotion, et ainsi retrouvé des émotions anciennes. Je partais avec des chiens ou des rennes l'hiver. L'été, je voyageais en canot, à cheval ou en radeau.

Mais étais-je allé vers le Grand Nord pour une autre raison ? Je rêvais d'entendre crisser les patins d'un traîneau de bois dans la neige froide du Labrador, résonner le martèlement des sabots des chevaux sur les pentes rocailleuses des montagnes Rocheuses, gronder les rapides de ces rivières canadiennes que je descendrais et remonterais en canot indien ; je rêvais de me pénétrer du hurlement des chiens et de sentir sous ma caresse la douceur de leur fourrure.

Je partais pour l'éblouissement d'un coucher de soleil éclaboussant de taches dorées la surface blanche de la banquise, pour la saveur forte d'un gigot d'élan mordu à pleines dents, pour humer l'odeur particulière de la tente et entendre les craquements du bois dans le poêle. Je voulais tenter ma chance de converser avec les loups.

Là-bas j'ai retrouvé ces émotions du temps où les chevaux et les traîneaux étaient les seuls moyens de transport. Ils avaient, sur les moteurs, l'avantage de nous rendre accessibles ces pays sauvages, sans les dénaturer.

Douze ans de Grand Nord m'ont permis de réaliser une partie de mes rêves dont beaucoup étaient nés de mes lectures de Jack London. Enfant, je m'identifiais à ses trappeurs, à ses Indiens et à ses coureurs des bois.

Le Grand Nord n'attendait rien de moi. Moi j'attendais tout de lui. Il m'a beaucoup appris : la patience, l'humilité, le respect. Car, dans ces pays absolus, comment voulez-vous tricher ? Surtout avec vous-même. Et je me suis rencontré. Une rencontre dure, un apprentissage laborieux. Je dois reconnaître que le Grand Nord n'a pas toujours été tendre avec moi. Mais j'ai fini par tracer une piste blanche. Aujourd'hui, j'ai apprivoisé le Grand Nord. Il m'habite.

De cette quête, de cette longue marche, de ce cheminement presque philosophique, ma mémoire n'a retenu que des instants, des émotions, des histoires. Autant de repères dans l'immensité blanche, autant de signes révélateurs de l'amoureux que je suis devenu. Aveugle, comme il se doit, mais tellement passionné et surtout tellement heureux.

1

Le gros hélicoptère de la compagnie soviétique Aeroflot se pose dans un nuage de poussière brune et noire. Une fois le moteur éteint et les tourbillons dissipés, j'ai pu voir les Évènes qui affluaient de toutes parts. À pied, à cheval et même sur de vieilles motos rafistolées qui devaient dater d'avant-guerre. Ce n'est pas tous les jours qu'un hélicoptère se pose à Sebyan Kuyel, où je venais d'atterrir après cinq jours de voyage.

Sebyan Kuyel : cinquante maisons en rondins pour deux cents habitants. Sebyan Kuyel, capitale miniature d'un immense territoire, ces montagnes Verkoïansk où vivent les derniers véritables nomades du Grand Nord.

Vassili m'attendait. J'ai tout de suite reconnu son visage large et rieur, sa peau noire brûlée de soleil, ses pantalons tannés par la graisse et la résine de pin.

Le menton sur mon épaule, il me frappa amicalement le dos de ses grosses mains épaisses.

— Je t'attends depuis deux jours ! Comment vas-tu ?
Il rit grassement. Puis, soudain, le regard inquisiteur :
— Comment, tu n'as rien d'autre ?

En effet, rien d'autre. Je n'avais que l'essentiel, et l'essentiel tenait dans un sac.

Vassili, qui comprend vite, ajoute immédiatement :
— Tu as raison, la route est longue, inutile de se charger !

D'autres Évènes, Aria, la femme de Nicolaï avec lequel j'avais passé trois mois dans les montagnes lors de ma traversée sud-nord de la Sibérie, Karl, Volodia, Ouchim, autant d'amis rencontrés au hasard de mes pérégrinations, viennent me souhaiter la bienvenue en se moquant de ma mine blafarde, de ma barbe naissante et de mes cheveux courts.

Mes amis n'ont pas changé. Moi, le monde moderne m'a rattrapé et donné un autre visage. J'avais laissé en pays évène le souvenir d'une «gueule» de trappeur, des cheveux aux épaules, une barbe épaisse et un visage brûlé par dix mois d'hiver, de soleil et de blizzard.

— T'as plus rien d'un Évène, blague Karl, il va falloir tout reprendre à zéro !

Karl, Volodia, Ouchim, Aria, se pressent autour de moi en se moquant gentiment de mon visage pâle.

— J'ai peut-être perdu ma gueule, mais pas le reste. Vous allez voir, je vais vous retrouver tous les rennes que vous avez dû égarer dans la toundra !

— Tu tombes bien, enchaîne Vassili, on vient d'en perdre deux cents en dix jours.

— Vous voyez, heureusement que je suis là !

Je n'étais pas venu pour rien. La promesse faite à Nicolaï d'être au rendez-vous de l'été venait de prendre tout son sens. Le voyage ne faisait que commencer.

Arcadi nous avait préparé un festin : des truites et du renne bouilli. Une fois à table, nous avons commencé à échafauder le programme des jours suivants :

— Le clan et le troupeau *(le stada)* sont à deux cents kilomètres d'ici, à deux nuits (trois jours). Nous partons demain, Anatole, toi et moi. Il faudra marcher douze heures par jour. *Eta daliko* (c'est loin), soupire Vassili.

Mais c'est ainsi. En mai les familles évènes transhument avec deux mille à trois mille rennes d'un alpage à l'autre. Leur errance dans la toundra ne prend fin qu'aux premières neiges importantes, en septembre. Notre destination, le clan six, se trouve à deux cents kilomètres au nord-est de Sebyan Kuyel. Ce n'est plus Nicolaï qui en est le chef. Il est mort avant mon retour. En février dernier.

Depuis, Vassili dirige le clan.

Vassili est content. Malgré les rennes égarés, l'année a été plutôt bonne :

— Nous avons eu six cent quarante jeunes, dit-il ravi. Les loups en ont tué très peu cet hiver et, ce printemps, il y a eu moins de morts-nés que l'an passé.

— Et les aigles ?

— Ils en ont enlevé six ou sept, mais Yvguénié a réussi à tuer l'un des plus meurtriers. Une balle en plein vol tirée à plus de deux cents mètres.

Aigles, loups, rennes, toundra et montagnes... Je m'immergeai à nouveau dans le monde des Évènes avec cette espèce de fièvre qui s'emparait de mon corps dès que je retrouvais le Grand Nord.

2

Le lendemain à l'aube, le vent glacial siffle son petit air de pôle Nord. Vassili, qui, comme tous les Évènes, est habitué à se plier aux diktats que lui imposent les forces de la nature, n'a pas du tout l'air pressé. J'ai oublié qu'ici on ne commande pas, c'est le vent qui commande. Encore soumis au rythme européen, je sens l'énervement me gagner en voyant Vassili traîner, comme d'habitude. Je nous vois déjà forçant l'allure des chevaux sur la piste, je sens déjà mon dos rompu de courbatures, la nuit arriver et nous pas.

Mais allez expliquer à un Évène assis devant un thé fumant et une assiette pleine d'ailes de canards fraîchement tués que c'est pénible d'être pressé sur la piste, de fatiguer outre mesure les chevaux, d'arriver à la nuit...

Vassili s'en fiche. On arrivera trois jours plus tard au campement. Et alors ? À quoi bon se presser ? Pourquoi ne pas profiter de la chaleur d'une maison douillette, en sirotant un thé archisucré et en suçant des ailes de canard alors que dehors souffle le vent.

Comme tous ceux dont la vie dépend de la nature, Vassili sait d'instinct qu'il faut attendre le moment favorable pour se lancer sur la piste dure et marécageuse, rocailleuse et sinueuse, trompeuse et longue, si longue.

Et puis, quand on habite l'espace sans fin, le temps change, lui aussi, de mesure. Il ne s'agit plus d'arriver à temps : il s'agit d'arriver. Mais, pour l'heure, j'ai l'impression que Vassili en rajoute pour dompter ma rage de partir.

— T'inquiète pas, me lance-t-il, le visage réjoui en se resservant de thé et de viande, dans trois jours nous serons au camp.

Vers midi, le vent se calme, un soleil timide apparaît entre deux gros nuages blancs dans un ciel bleu marine.
— *Daliko, daliko!* (loin, loin) répète en riant Vassili qui prend la tête de notre petit convoi, quatre chevaux qui, en plus de notre poids, supportent chacun une bonne quarantaine de kilos de bagages.

Nous commençons à sauter sur nos selles. Les Évènes prennent soin de les recouvrir d'une couche de minces coussins. Ce qui a la vertu d'amortir le choc répété du martèlement des sabots sur la piste, qui, à la longue, finit, comme le dit si bien Vassili, par « mélanger » la tête.
Toutes les heures, nous accordons cinq minutes de repos à nos courageuses montures. Mais elles en ont vu d'autres. Elles font preuve d'une résistance hors du commun. Massifs, puissants, courts sur pattes avec de larges sabots et de longs poils, ces doubles poneys yakouts sont capables de trotter dix heures durant.

Nous cheminons à travers les montagnes et les forêts, cette taïga des régions froides, semée de marécages. La majesté du paysage donne soudain à l'homme le sentiment de sa petitesse, de ses insuffisances.
Je ne suis plus pressé. Les heures passent. Peu m'importe quand nous arriverons au campement.

Il est minuit lorsqu'une lueur pâle et ronde se lève entre deux montagnes. Au loin jappe un renard, et les pluviers en fête «pipiitent» au bord de la rivière. Nous arrivons enfin dans une clairière où se dresse déjà une tente.

Un vieil homme et trois de ses petits-enfants, aux yeux plissés et aux visages joufflus, dorés par le soleil d'été, fauchent l'herbe épaisse de la vallée. Le foin est destiné aux quelques vaches du village qui passeront l'hiver autour d'un poêle dans une grande bâtisse en bois.

À notre arrivée, le vieillard ranime son feu en soufflant sur les braises tièdes encore fumantes. Puis, il accroche sa bouilloire noire de suie à une perche.

Nous sommes tellement fourbus que, si nous ne montons pas tout de suite les deux petites tentes, nous allons nous endormir sur place.

Devoir accompli, nous trouvons le temps de vider trois pleines bouilloires de thé en mangeant des galettes de pain avant de sombrer dans un profond sommeil.

Au petit matin, la pluie qui cingle la toile de la tente et les crampes qui me crispent les muscles me tirent trop tôt d'une nuit un peu courte.

Vassili se lève de mauvaise humeur, et son fils Anatole, pris d'un mal de tête, se plaint de concert avec lui. La pluie froide n'arrange rien.

Nous cherchons les chevaux entravés. Disparus! Ne laissant que des traces qui nous mènent à deux kilomètres de là, plus haut dans la vallée. Puis, retour au camp pour le chargement.

De toute façon, il faut attendre que la pluie cesse pour prendre le départ.

Le cri nasillard d'un torcol, qui a bâti son nid dans l'un des grands pins qui jouxtent le campement, salue enfin l'arrêt de la pluie. Tandis que j'observe le jeu des bergeronnettes grises qui s'amusent à voleter d'une pierre à l'autre dans les ruisseaux alentour en balançant leur longue queue, j'entends que le signal du départ est donné. Un voyageur se joint à nous : Christopher, le vieil oncle de Vassili, a décidé de nous accompagner jusqu'au campement. Il y prendra ses « quartiers d'été ».

Christopher est estropié : il n'a plus que quatre doigts. Les autres, il les a perdus à la chasse aux loups, un jour de grand gel. Les doigts étaient morts. Il avait fallu les lui couper.

Le Grand Nord est sans indulgence. Face à cette nature excessive, une seule sauvegarde : un excès de vigilance.

Enfin, nous partons.

En équilibre de part et d'autre de la selle, nos sacs de cuir frôlent les feuilles encore luisantes de pluie des arbustes qui naissent le long de la piste étroite. Nous cheminons dans un paysage austère qu'animent des animaux en pleine effervescence.

Les trois chiens de Vassili lèvent quantité de lagopèdes, qui s'envolent avec fracas des saules qui bordent le ruisseau en lançant leur cri retentissant : *« kaakaa-kaka »*. Quant aux jeunes perdreaux encore malhabiles, ils finissent immanquablement entre les mâchoires puissantes des laïkas. Les chiens ne les poursuivent avec tant d'acharnement que pour le plaisir de la chasse. Ils grignotent le meilleur, abandonnant les restes à moins persévérants qu'eux.

Nous montons au pas. Les chevaux soufflent bruyamment en creusant les reins. Dans les pierrailles se dessinent nettement les pistes séculaires empruntées par les grands mouflons pour aller d'une crête à l'autre. Sur le col, un crépitement d'ailes blanches nous accueille. Les chiens ne lèvent même pas la tête, trop occupés à renifler les pistes fraîches des lièvres arctiques qui se dérobent en dodelinant leurs petits culs blancs.

Nous sommes arrivés à mi-chemin, après sept heures de marche. Il nous en reste autant avant l'étape du soir. Au cœur de l'après-midi, un obstacle surgit : cette rivière que nos montures ne passeront pas. Les pluies ont gonflé les eaux de l'Aravichii. Bien qu'habiles nageurs, les chevaux ne résisteraient pas à la violence du courant. Il faut attendre. Vassili l'a décidé. Mais attendre dans un tel paysage devient un régal.

Vol de bécassines au-dessus du marais qui s'étend entre la rivière et le pied de la montagne ; petits lacs dont les eaux noires contrastent avec la glace blanche qui en couronne encore le centre ; goélands cendrés qui se reposent, tête sous l'aile, au bord de l'eau pendant que leurs congénères planent en quête de victuailles. Cette fois-ci, les chiens se sont lassés des lièvres et lèvent sur ces oiseaux maritimes des regards condescendants.

Nous nous étendons sur l'herbe. Le regard paresseux suit dans le ciel la course lente des cumulus qui voguent vers le sud. Ils voyagent comme les icebergs dans une mer bleue.

— Avant la fin de la nuit, on pourra partir, estime Vassili, le niveau de l'eau baisse.

En attendant, nous grillons un lièvre sur la braise, puis nous endormons.

Il est à peu près cinq heures quand Vassili nous signifie que maintenant c'est bon, le niveau de l'eau a suffisamment baissé. Après avoir soigneusement bâté les chevaux, nous traversons la rivière. L'eau monte à ras de la selle. Encore cent dix kilomètres à parcourir avant d'arriver au campement. La soirée s'annonce rude.

Un col, une vallée, un autre col, des alpages. Comme dans un jeu d'enfants. Mais la route est interminable. Malgré nos arrêts pour pisser, s'étirer les muscles, et pour, toutes les trois heures, sacrifier au rituel évène du thé noir et sucré.

Sur les hauteurs, la neige fraîche de l'avant-veille tient encore. Il est facile de lire à livre ouvert l'histoire des animaux passés par là. Un lièvre jouant avec un copain, une compagnie de lagopèdes grignotant des bourgeons de saules et, plus loin, une harde de mouflons qui a traversé l'alpage à la queue leu leu.

Mais la trace qui retient l'attention de Vassili est celle d'un grand ours brun. Il l'étudie minutieusement. Anatole et Christopher se mettent de la partie en discutant bruyamment de l'importance de l'animal, de son sexe, de sa destination, des probabilités de le rejoindre.

Nous repartons, toujours au trot. En tête du convoi, Anatole et Vassili sautent sur leur selle. Avec leurs bras légèrement écartés, ils ressemblent à de grands oiseaux qui se sécheraient les ailes au vent.

Les heures passent, les kilomètres et le paysage défilent.
— *Daliko, daliko*, répète Vassili qui ne cache pas son impatience d'arriver.
— Hoooo ! Le thé, le renne, le pain, le beurre et le gras qu'on va manger ce soir, rêve déjà Anatole.

Tard le soir, nous franchissons un col enneigé, très haut. Les myriades de montagnes qu'il surplombe s'étendent à l'infini. Leurs têtes blanches éclairées par le soleil rougeoyant donnent l'impression d'une foule de pèlerins recueillie dans le silence.

Mais les teintes flamboyantes s'effacent.

Le soleil nous a quittés et le froid a repris possession des montagnes. Nous mettons des pulls de laine et les chapkas en fourrure de chien.

Les pistes des animaux dessinent des hiéroglyphes dans la neige. Que nous déchiffrons sans difficulté. Ici, traces d'un élan ; là, piste hésitante d'un loup en chasse. Au moment où nous rejoignons la rivière Ichiii, je reconnais les massifs que nous avions parcourus avec Nicolaï, quand nous chassions le mouflon ou poursuivions les rennes égarés.

Les chiens, exténués, n'accordent même plus un regard aux centaines de lièvres qui détalent devant nous. Les culs blancs bondissent dans les clairières. Mais, quand Anatole siffle entre ses dents, ils s'immobilisent soudainement, dressent la tête vers nous, puis repartent. Nous en tirons deux avant la pause du dernier thé pour les grignoter sur le feu.

— *Daliko, daliko*, répète Vassili. (C'est loin, loin !)

Il est déjà tard et nous en avons encore pour quatre heures. Pour détendre les chevaux fatigués, nous alternons pas et trot. C'est très doucement que nous nous dirigeons par une petite vallée vers les hauts alpages de lichen qui abritent le clan.

Vassili remarque de nouvelles traces d'ours, récentes. Bien visible dans les herbes, la piste serpente à droite du ruisseau. Nous sortons nos carabines de leur étui de toile et de cuir et engageons une balle dans le magasin.

Concentré, Vassili inspecte chaque recoin, chaque zone d'ombre, chaque buisson.
— Attention, regarde bien partout, me dit-il.

L'ours est imprévisible. Il peut surgir de n'importe où et attaquer les chevaux pour défendre une carcasse. Cet ours-là, Vassili le connaît bien parce qu'il a pris l'habitude de rôder autour d'une cache de nourriture et cherche à pénétrer dans la cabane. Alors il veut sa peau pour en finir une fois pour toutes.

Mais c'est un chevrotin porte-musc qui passe en trombe devant nous. Ce petit mammifère, douze kilos à peine, possède des canines longues d'une dizaine de centimètres, recourbées vers le bas. Pas le temps de l'observer de près. Le chevrotin a déjà distancé les chiens qui le poursuivent dans la pente rocailleuse.

Quant à l'ours, nous atteignons le col sans l'avoir croisé.

Voici enfin les immenses alpages de toundra et de lichen ! Le clan six n'est plus très loin. Sur une crête, découpée dans le ciel rouge, toute une famille de mouflons nous regarde : des femelles avec leurs petits, puis presque au sommet, deux grands mâles aux cornes magistralement enroulées de chaque côté de leur front puissant. Nous sommes à une bonne distance d'eux, un kilomètre au moins. Mais, prudents, les mouflons s'alignent derrière la vieille brehaigne qui mène la harde. Et s'enfuient.
— Après-demain, on part à la chasse, lance Vassili émoustillé.

Maintenant, nous avançons lentement sur un plateau étale comme une mer que trouent les cimes des montagnes émergeant comme des îles. «Splotch», «Splotch» font les chevaux dont les sabots enfoncent dans la mousse.

Quinze heures que nous marchons! Le corps est meurtri, la tête bourdonne, les genoux sont gonflés et le dos tordu par des pinces. Chaque pas est douleur. Nous avons cessé de parler.
Soudain, éreinté, mon cheval s'affaisse.
— Arrêtons-nous.
Mais allez faire entendre à Vassili que pour un cheval fatigué il faut reporter à demain le bonheur de retrouver les siens, oublier la perspective d'un repas de viande de renne, de moelle, de bon pain et de beurre fondu dans le thé épaissi par le sucre.
Moi, je mets quand même pied à terre et je marche comme un automate sous les étoiles et la lune rieuse qui illumine les plateaux majestueux, presque irréels. À minuit, j'entends un loup aboyer, et un autre, au loin, lui répondre.
Mais mon escapade est en train de ralentir la marche du convoi. Et Vassili ne manque pas de me le faire remarquer:
— *Maballa!* (saloperie) soupire-t-il.
Alors je remonte sur mon pauvre cheval et j'accélère. Après être passés entre deux montagnes, nous distinguons enfin dans le lointain, éclatantes dans la toundra grise, les huit tentes du clan.
— *Staada!*
Les trois coups de carabine tirés par Vassili ébranlent l'immensité silencieuse mais vont droit au but: réveiller les femmes endormies qui doivent préparer le thé et cuire le renne.

Vassili se presse et rigole. Les chevaux, à la vue des tentes, font un dernier effort. Un quart d'heure plus tard, nous arrivons au trot.

Tout le monde est levé. Les enfants crient joyeusement, on nous aide à décharger, les femmes s'activent autour des feux, les hommes questionnent. On me tape dans le dos, on plaisante, on rit. Je suis submergé de bonheur et d'émotion : je me sens accueilli comme un homme du clan. J'ai l'impression de faire partie de la famille. L'estime et l'amitié dont m'honorait Nicolaï me valent celles de tous ceux qui l'aimaient et le respectaient.

Nous voici autour d'une table hâtivement dressée dans la tente la plus grande, celle de Vassili. Elle abrite ses dix enfants ! Comme des loups affamés, nous nous jetons sur la viande de jeune renne, tellement savoureuse. Vassili casse les plus gros os entre deux cailloux et aspire bruyamment la moelle en soupirant d'aise. Nous buvons des tasses entières d'un bouillon de viande odorant et récupérons la graisse au fond des plats avec des morceaux de galettes de pain.

Je profite du dîner pour expliquer à Boris comment nous allons procéder pour acheminer de France la prothèse que je lui ai promise.

Boris n'a plus qu'une jambe depuis ce jour où un Russe défoncé à la spirit 95° lui a tiré un coup de carabine à bout portant dans la cuisse. Des choses qui arrivent dans ces contrées sauvages.

Il dormait tranquillement dans un coin de la cabane. Il était loin de se méfier du Russe de passage auquel Nicolaï avait accordé l'hospitalité. Il dormait, et le Russe a tiré, comme ça, pour rien, une idée qui lui a traversé la tête à ce moment-là.

Toute la nuit, garrotté, perdant deux litres de sang, Boris avait attendu l'hélicoptère prévenu par radio. Au petit matin, le Russe, ayant un peu dessaoulé, s'était tiré une balle dans la tête. Boris, lui, avait perdu sa jambe.

J'étais revenu avec les documents de mesure et le matériel nécessaire à la préparation du moignon. En décembre, la prothèse préparée par un spécialiste français, Didier Jacquesson, qui avait accepté spontanément de m'aider et même, si nécessaire, de se rendre sur place, serait prête.

Boris sourit en m'entendant donner des détails précis. La fin du cauchemar est pour bientôt : être sans jambes dans les montagnes, c'est être sans bateau dans l'océan. Un unijambiste dans l'Arctique est condamné à mort. Boris le sait bien et s'accroche à sa prothèse comme à une bouée de sauvetage. T'inquiète pas, Boris, le bateau a mis les voiles, il ne devrait plus tarder.

3

Le clan dormait encore. Dehors il neigeait, petits flocons légers, à peine visibles, relayés par intermittence par des rafales d'une pluie froide, grise, impitoyable. Ce qui nous donnait une toundra triste, aux couleurs délavées, un horizon de montagnes grises, uniformes, noyées dans les brumes. Terne camaïeu dans lequel l'œil s'épuisait à chercher les rennes.

À peine réveillé, Vassili commence à râler.

— Avec ce temps, ils sont à l'abri sur le versant sud des montagnes, dans les forêts de mélèzes. Pas moyen de les repérer !

De loin en loin, quelques montagnes émergent comme des îles d'une mer grise et rousse, pointant leurs cimes au-dessus de la toundra plate. Sur le versant sud, une poignée de mélèzes rabougris brave la nature. C'est sous leurs branchages que s'abritent les rennes en cas de chute de neige ou de pluie persistante.

— Dès que le mauvais temps sera un peu passé, nous irons voir, décide Vassili. En attendant, *tchaï pit !* (Buvons du thé.)

Le temps de boire quelques thés et le paysage s'est déjà métamorphosé. Le vent a chassé la grisaille, la pluie a cessé, des rayons de lumière posent des taches claires sur un plateau qui a changé de couleur : de gris, il est passé au mauve.

Nous sellons quatre rennes et partons vers le nord.

Je m'aperçois vite que l'habitude de monter cet animal se perd rapidement. Après un an sans entraînement, la reprise s'avère difficile. À chaque pas, je manque de tomber et ne réussis à conserver un fragile équilibre qu'en m'appuyant sur un grand bâton tenu dans la main droite. Crispé, tendu, sans cesse en alerte, je m'épuise rapidement à la queue de notre petite caravane alors que Vassili et ses deux fils aînés semblent faire corps avec leur monture, bien droits, tout en souplesse.

Malgré le stratagème du bâton, je perds l'équilibre. Première chute dans une rivière : je m'échoue lamentablement sur les cailloux recouverts de vase. Seconde chute dans une forte montée.

Une mauvaise position ne pardonne pas. Je m'étais placé trop en arrière de la selle qui doit rester maintenue sur le garrot de l'animal.

Mes trois compagnons éclatent de rire, mettent pied à terre pour tenir le renne, et je m'efforce de remonter avec la souplesse voulue, pour que la selle ne glisse plus. Mais je n'ai pas encore le coup de rein évène : mes amis enfourchent leur renne avec une telle précision, une telle élégance qu'ils vous donnent l'impression de s'abandonner voluptueusement à un large canapé de cuir.

Je me détends un peu. Ce qui a la vertu de me rendre un soupçon d'équilibre. Mon allure s'améliore.

Nous suivons une crête, traversons un immense alpage de lichens, remontons et nous arrêtons enfin sur la cime d'une petite montagne pour nous livrer au petit jeu amusant qui consiste à repérer des rennes gris dans une toundra grise. De guerre lasse, nous décidons de varier les plaisirs en traquant l'albinos.

— *Bielli nada viedel. Bielli!* (Il faut d'abord chercher les blancs. D'abord les blancs!)

Un renne sur vingt est albinos. Entièrement blancs, ils surgissent comme des phares au milieu de la harde grise.

André, le fils aîné de Vassili, repère le premier une grosse harde d'une centaine de rennes à deux kilomètres à l'ouest. Anatole en repère une seconde plus petite au nord et une troisième très loin au nord-est sur la crête d'une imposante montagne.

— André, tu ramènes ceux-là en contournant les montagnes par l'ouest. Tu t'assures qu'il n'y en a pas d'autres derrière. Toi, Anatole, tu ramènes les deux hardes que tu as repérées. Nicolas et moi, nous allons chercher plus loin.

Nous nous séparons. En longeant la crête, nous levons plusieurs compagnies de perdrix blanches qui plongent dans la pente, cul au vent. Nous surplombons la toundra mouillée, éclairée par le soleil rasant du soir qui brille comme si une multitude de bougies avait été allumée par un décorateur génial.

Les gros cumulus posent des taches sombres sur les alpages. Elles se meuvent avec lenteur. Leur ombre glisse sur les lichens qui semblent vouloir la retenir pour la ralentir dans sa fuite vers le sud.

Les reins endoloris, je marche en tenant mes deux rennes par la bride. Une seule corde passée autour du museau et du cou et retenue par une lanière de cuir nouée à la base des bois. Plusieurs fois, nous nous arrêtons pour observer la toundra infinie. Rien que du vide.

Enfin des traces! Enfin des signes de la présence de rennes peut-être proches! Il aura fallu cheminer deux heures pour tomber sur ce marais bordant un lac par lequel des rennes semblent être passés il y a peu. C'est du moins ce que nous assure Vassili qui a mis pied à terre pour ausculter le dessin imprimé sur une plaque de neige croûteuse.

— Ils ne sont plus très loin, dit-il. *La golodien, bistra* (J'ai faim, il faut faire vite), ajoute-t-il, plaintif.

Il nous suffit de contourner une petite montagne pour apercevoir les rennes rassemblés sur le versant ensoleillé.

— C'est le gros du troupeau, cinq cents ou six cents rennes, constate Vassili, ravi.

Aussitôt, les rennes se groupent. Placés derrière eux, l'un à droite, l'autre à gauche, nous levons nos grands bâtons en l'air et crions « hoo, hoo » pour les diriger vers le campement, quinze kilomètres au sud.

Le renne est un animal indolent. Il n'aime pas qu'on le presse.

Le troupeau avance paresseusement. Il faut parfois remettre dans le droit chemin un petit groupe qui fait mine de vouloir prendre le large. Impossible de compter sur le chien de Vassili. La conduite de la harde n'est pas son affaire. Comme tous les chiens évènes, il n'a pas été dressé pour ça. Il faut le voir semer le désordre en aboyant à tout va.

Tout en poussant les rennes, j'imagine la mine ahurie de Vassili s'il voyait l'un de nos étonnants chiens de berger au travail. Et immédiatement une image, ou plutôt un souvenir, s'impose à mon esprit.

Je revois la chienne de mon ami Louis Bavière. Elle est en train de mener un troupeau de moutons dans la direction et à l'allure désirées par son maître. Elle fait preuve d'une intelligence, d'une finesse et d'une maîtrise incroyables. Si un jour j'emmène Louis et sa chienne en pays évène, je suis persuadé qu'un siècle plus tard les Évènes en parleront toujours.

Mais ce n'est pas le moment de rêver : un groupe d'adultes a profité d'un mouvement de terrain pour s'enfuir le long d'un petit ruisseau. Je cravache en vain mon renne : le groupe me distance et d'autres rennes prennent la tangente.

J'entends au loin, sur la gauche, Vassili qui enrage.

— *Maballaaa, hoooooo!* (Ah, quelle merde… C'est pas vrai !)

Je fais de mon mieux pour réparer mon erreur (on ne rêve pas quand on conduit une harde). Mais ma monture lancée soudain à grande vitesse fait un brusque écart dans une ravine et je tombe, cul par-dessus tête, dans l'eau boueuse.

Le renne, lui, a continué sa course et rejoint les fuyards.

Zéro pointé. Je suis furieux contre moi-même. Je me sens ridicule. Mon incompétence me vexe. J'assiste impuissant au travail que Vassili accomplit avec une rapidité stupéfiante.

Les coups pleuvent sur les rennes un peu lents à réagir. Vassili détache son lasso de cuir et plonge dans la harde pour en écarter un petit groupe à l'intérieur duquel je repère mon renne. Le lasso siffle dans les airs et accroche les bois. Vassili saute à terre, réajuste la selle et me fait signe.

Honteux, je retrouve ma monture, selle sous le ventre.

— *Isvénitié* (Excuse-moi), dis-je à Vassili qui me tape amicalement dans le dos en éclatant de rire.

Nous repartons. La leçon m'a servi. Cette fois-ci je ne rêve plus et me concentre sur mon travail. Quant aux rennes, ils n'ont qu'à bien se tenir.

Nous arrivons avec nos cinq cents rennes au campement. Anatole et Volodia sont là depuis une heure avec plus de huit cents rennes.
— Il n'en manque plus que quatre cents à peine, constate Vassili. C'est pas si mal.
Un peu plus tard, Yvguénié, parti seul à l'ouest, amène le reste de la harde.
Le troupeau est réuni. Le compte y est.
— *Horocho, podiom tchaï!* (C'est bien, allons boire du thé!)
Les enfants montés sur des rennes maintiennent le grand troupeau devant les tentes. Nous buvons trois ou quatre tasses de thé.
Vassili, gestes à l'appui, commente à grands éclats de rire mes prouesses de la journée. Je promets de faire mieux la prochaine fois.
Le clan doit changer de place dans quarante-huit heures. Notre tâche du jour : attraper la centaine de rennes qui transporteront le matériel jusqu'au prochain campement.
— Tiens, voilà un lasso, dit Vassili en se levant avec un *« ahan »* bruyant.

La leçon continue.
Les rennes destinés à être bâtés sont dotés d'un collier en tissu rouge qui permet de les repérer facilement. Courbés en deux pour nous noyer dans la masse qui s'ouvre et se referme autour de nous, nous les approchons, anticipant leur mouvement, coupant leur route.

Les Évènes courent en tous sens, les lassos sifflent, manquent ou touchent leur but. Parfois le lasso accroche deux ou trois rennes à la fois, par une patte, par un bois. Éclats de rire et jurons ponctués de hourras joyeux saluent les belles prises.

Je m'exerce à ce travail qui ressemble à un jeu, lorsqu'un mâle plus malin s'échappe. Pas trop maladroit de nature pour ce genre d'exercice, mes lancers se précisent et je l'arrête net dans sa course. Alors qu'Yvguénié l'avait loupé. Un immense hourra envahit le campement. Les femmes et les enfants applaudissent, les hommes rient à gorge déployée.

Attraper les rennes est une véritable fête.

Les femmes et les jeunes filles vont et viennent entre les piquets fichés en terre près des tentes pour accrocher les rennes. Quelques vieux courbés sur leur canne assistent au spectacle en prodiguant des conseils. À leur mine réjouie, on sent qu'ils revivent avec émotion leur jeunesse.

Les deux ou trois hectares qui contiennent le troupeau sont devenus un véritable bourbier labouré par des milliers de sabots qui claquent les uns contre les autres. Le brouhaha qui envahit l'espace, accompagné de ce mouvement rotatoire, épuise.

Tous les rennes ont été attrapés. Mais il faut encore prendre une vingtaine de femelles pour le lait. Les femmes pénètrent à l'intérieur du cercle et désignent les rennes. Leurs maris les attrapent et les filles les conduisent à la traite devant la tente familiale.

Huit rennes donnent un litre de lait. Un lait qui a la même consistance que celui de la vache mais dont le goût est moins prononcé. On le consomme tel quel ou, plus traditionnellement, battu en crème et beurré sur des tartines de galette de pain mélangé à beaucoup de sucre.

Les rennes, attachés très court et maintenus en place par les enfants (en général les filles), restent rarement tranquilles. Leurs ruades envoient le pot à lait dans les airs ou sur l'un des enfants, provoquant des jurons et des éclats de rire.

Pendant ce temps, les hommes, éreintés par les heures de poursuite, boivent du thé, et encore du thé.

Le troupeau, fatigué, s'est un peu éloigné du bourbier et flâne paresseusement dans la toundra. Quelques groupes se sont couchés et chassent les moustiques en fouettant, nonchalants, l'air de leurs grands bois.

Bientôt minuit. Mais il ne fait pas nuit. Une lueur brune nuancée, presque artificielle, précède le jour qui se lèvera dans deux heures. Une lune bien ronde, bien pleine, passe sa tête blanche tachée de bleu au-dessus des montagnes. Un soleil éphémère teinte encore de rouge le profil des cimes. Le vent s'est tu dans la toundra pour accueillir la nuit trop courte. Le silence appelle les hommes au silence. Nous nous taisons naturellement comme si nous savions que la nature était sur le point de nous parler. Nous respectons cette paix et prêtons l'oreille à cette parole venue d'ailleurs.

4

Au petit matin, il ne reste, attachés autour du campement, que quelques rennes. Ils serviront au transport d'une partie du matériel et de la nourriture. Mais nous ne sommes pas près de rejoindre le prochain campement. D'abord, il pleut. Une pluie continue qui semble ne jamais vouloir cesser. Ensuite, nous rendons hommage au dieu thé. À la façon évène, nous passons d'une tente à l'autre en nous annonçant par quelques raclements de gorge, en nous tapant les pieds sur le sol ou encore en jurant faiblement comme si nous chassions un moustique imaginaire. Histoire de signaler notre présence, car ici les cartons d'invitation n'existent pas.

Une fois que l'on a pénétré sous la tente, on s'assoit et la femme nous sert d'office un thé. Elle ne manque pas de nous proposer, en accompagnement, de la crème et du pain ou quelques morceaux de renne bouilli.

Nous discutons de choses et d'autres. Mais surtout nous jouons. Et pas avec n'importe qui ! Avec les rois de la tente : les enfants. L'espace leur appartient et ils ont tous les droits. En fait ils ne réclament pas grand-chose : à partir d'un bout de ficelle, d'un caillou, les adultes leur inventent des jeux à n'en plus finir, des jeux qui font appel à l'intelligence, à l'adresse ou à la force. On n'entend plus que des rires coupés de quelques pleurs, ceux des plus petits bousculés par leurs aînés.

Au bout d'une heure, je remercie mes hôtes et sors pour me diriger vers la tente de Boris. Sous la pluie, je croise Vassili qui vient de la tente d'Yvguénié, son bol de thé à la main, et va au même endroit que moi.

Nous pissons dans le ruisseau et pénétrons dans la tente de Boris. Une forte odeur de rance me prend à la gorge. Les femmes font frire le gras d'un mouflon tué la veille de mon arrivée. L'odeur se mêle à celle du renne qui bout dans le grand chaudron. La chaleur étouffante nous fait transpirer à grosses gouttes.

— Nous ne pourrons pas partir aujourd'hui, soupire Vassili, il fait trop mauvais dehors. On partira demain.

Yvguénié acquiesce, toujours aussi sérieux, réservé. Lorsqu'il traite d'un problème de renne, de chasse ou de pêche, il arbore la même expression qu'un ingénieur de haut niveau réfléchissant à un problème de la plus haute importance. Ses gestes sont empreints de cette espèce de retenue, de classe qui sied si parfaitement aux Évènes, des hommes qui inspirent le respect pour leur grand savoir.

Qu'Yvguénié commette une maladresse ou tombe d'un renne, il ne viendra à personne l'envie de rire : sa réception sur le sol se fera avec grâce et souplesse, comme un numéro parfaitement au point. En revanche, que Vassili tombe et ce sera un fou rire général. Mais Yvguénié rira moins fort que les autres. Il rira un peu mais avec réserve, comme à regret, avec hâte de passer aux choses sérieuses.

Yvguénié, il faut le voir manier le lasso. Tout en art, et avec quelle précision dans le geste ! Vassili, lui, fait dans la force. Il court et gesticule si curieusement qu'il prête à rire. Surtout lorsque le renne attrapé en pleine course l'emporte dans son élan et lui fait perdre l'équilibre.

Sacré Vassili ! Clown peut-être, mais doué d'intelligence, d'efficacité et d'humour.

Mikail, le fils d'Yvguénié, a hérité de son père. Mais il lui manque quelque chose, comme un excellent plat sans sel. Un ingrédient en moins et l'ensemble est gâché. Mikail n'est pas adroit. Il agit avec trop de sérieux et sans humour. Il est l'un des rares Évènes que je verrais mieux devant un clavier d'ordinateur que monté sur un renne.

Quant à la femme d'Yvguénié, c'est le type même de femme que j'exècre, renfermée, triste au point de toujours donner l'impression qu'elle s'apprête à pleurer ; le regard en biais, les yeux toujours au sol, le visage masqué par une moue sévère. Muette, elle accomplit ses tâches quotidiennes dans une sorte de langueur qui fait pitié. Elle porte sur le dos toute la misère du monde.

De plus, c'est une maniaque ; on le voit à sa tente, tirée à quatre épingles. Chaque chose à sa place. Tout est rigoureusement plié, trié, rangé. Lorsqu'elle sert le thé, elle présente les bols en ligne, comme à l'armée, et propose le sucre en tournant vers vous un visage résigné qui vous attriste. Lorsque j'évoque la chose en riant avec Vassili, celui-ci me dit simplement :

— C'est comme ça. Elle est comme ça.

Et pourtant, c'est là que les hommes aiment se retrouver au calme. Loin du brouhaha des tentes envahies d'enfants, on peut y évoquer les problèmes sérieux du clan et élaborer les plans des semaines à venir. C'est là aussi que l'on se détend le mieux.

Boris, joyeux luron malgré sa jambe en moins, n'en rate pas une. Il adore recevoir des visites. Visites qu'on lui rend d'autant plus volontiers que la galette de sa femme est succulente. Leur petite fille, Clara, ne cesse de gazouiller et donne un air de fête à cette tente pourtant frappée par le malheur. Mais provisoirement : bientôt Boris recevra sa jambe.

Je prends mes repas chez Vassili dans un «bordel» indescriptible. Imaginez : dix enfants de deux à vingt ans. Sa femme, adorable, douce et pleine de vie, pare au plus pressé, aidée par sa fille aînée dont le caractère très réservé tranche brutalement avec le reste de la famille, exubérante et remuante, à l'image du père.

André, le fils aîné, règne en maître sur toute la fratrie. C'est lui le plus fort, le plus adroit, et surtout lui qui, l'année dernière, au mois de mars, à la grande fierté de son père, a remporté la course à la fête des rennes.

André en impose. Bien bâti, superbement racé, très fier, il a des allures de chef. Dans quelques années, il succédera à son père qui déjà lui délègue une partie de ses pouvoirs. Anatole, le second, s'acharne à faire aussi bien qu'André mais n'y arrive jamais. Son père le sait, et Anatole sait qu'il le sait. Pourtant il se bat et tente chaque jour de réaliser quelques hauts faits.

Quand une harde s'est égarée et que personne ne la retrouve, il part à sa recherche sous la pluie, en pleine tempête, et revient éreinté, quelques heures plus tard, mais seul. André part calmement trois heures après, quand le temps s'est amélioré, et revient avec la harde.

Condescendant, il explique où il l'a retrouvée, et sa mère bouscule Anatole.

— Mais voyons, pousse-toi de là, tu vois bien que ton frère veut boire du thé.

En amour, Anatole n'a pas plus de chance. Cette année, les jeunes ont monté une tente. On y joue de la guitare, on s'y donne rendez-vous avec Eva, la fille de Youri, frère de Vassili. Anatole a le cœur brisé, Eva préfère André. Bientôt, ils se marieront. Anatole me fait pitié. Il est si gentil. La nature est implacable. Place au plus fort.

Dès l'âge de trois ou quatre ans, les enfants montent en selle sur les rennes et passent leur journée à jouer aux adultes. Ils s'exercent des heures entières à lancer le lasso, s'attrapant les uns les autres. Joachim part en courant entre les tentes, un bois de renne au-dessus de sa tête pour faire « vrai ». Et voilà la horde sauvage qui part en criant à sa poursuite. Les lassos volent, pleuvent sur Joachim qui, bientôt prisonnier, arrache un lasso et désigne un nouveau renne.

Pendant ce temps, les filles apprennent avec leur mère à traire, à préparer et à cuire les galettes de pain. Elles rangent la tente et servent le thé. Les filles ne s'amusent pas. Injuste condition féminine.

Chez les Évènes, la femme n'est pas grand-chose, tout au plus une mère, au service de son mari et de ses enfants en âge de travailler. Jamais une femme ne mange à la table des hommes. Elle boit son thé à l'écart, en général près du poêle, tout en surveillant le plat qui mijote. Elle remplit les bols qu'on lui tend sans un « s'il te plaît » ni un « merci ». D'ailleurs, Vassili m'a plusieurs fois fait la remarque.

— Tu ne dois pas remercier, ça ne sert à rien !

Il faut tendre le bol et d'un geste du menton désigner la théière, sans un mot ni un regard.

Le matin, la femme se lève une heure avant tout le monde pour préparer le thé, cuire les galettes. Le soir, elle se couche la dernière après avoir rechargé le poêle une dernière fois.

Allez expliquer à un Évène qu'en France les femmes mangent en compagnie des hommes, participent à la conversation, et que certaines se permettent de donner leur avis sur des sujets d'hommes, voire de les contredire ou d'élever la voix ! Allez leur expliquer que dans les nouveaux couples c'est l'homme qui donne le biberon, fait le ménage et récure les casseroles !

Vassili ouvrirait des yeux énormes et éclaterait de rire. Il pourrait en avaler son renne de travers.

Vers sept heures, la pluie cesse, mais une demi-heure plus tard le vent se lève et apporte la neige qui bientôt recouvre le campement d'un duveteux manteau blanc.

— Demain, beau temps, prédit Yvguénié qui se trompe rarement.

5

Faire et défaire les sacs, démonter et remonter les tentes, ces activités prennent des heures, demandent concentration et énergie. Et pourtant, c'est la loi des nomades, à l'aube on plie et on emballe pour, parfois le même jour, réinstaller le camp intact mais ailleurs, à des kilomètres de là. Ce soir nous serons loin. Pour l'heure, nous plions bagage.

Il est 5 heures et demie du matin et je commence à ranger avec mes amis évènes. Tandis qu'André et Vassili sont partis rassembler les rennes éparpillés dans les montagnes, nous démontons les tentes et remplissons les sacs de cuir, en prenant soin de bien les équilibrer. Puis nous lions avec des cordes les sacs de couchage, les couvertures et les peaux de rennes.

Les sacs commencent à s'aligner devant les tentes. Ils pèsent bien une dizaine de kilos chacun. Les uns contiennent la nourriture, les autres les vêtements, d'autres les jouets des enfants ou les vêtements de rechange. En général, on est ordonné. C'est la meilleure façon de s'y retrouver en voyage. Seul le chef du clan faillit à la règle.

On voit tout de suite que, chez Vassili, les sacs sont bourrés n'importe comment. Le sucre voisine avec les culottes des enfants, le gigot de renne avec les piquets de tente… En revanche, chez Yvguénié, tout est pensé, trié, soigneusement plié. Un modèle du genre.

Vers midi, le troupeau de rennes déferle. Nous buvons quelques bols de thé. Boire le thé, empiler les sacs, boire, empiler... Ainsi passe le temps. Au bout de deux heures, on compte soixante-dix paires de sacs. Encore quelques bols de thé avant de bâter les rennes.

Délicate opération qui requiert une grande précision : d'abord, on pose sur le garrot deux sacs bourrés de poils de renne, reliés par des bois de rennes ; ensuite, des sacs ajustés avec une lanière de cuir nouée sous le ventre. Une fois chargé, le renne est attaché derrière l'un de ses congénères. Un enfant surveille la caravane et empêche les bêtes de se coucher. Ce qui déséquilibrerait la charge.

Vassili court dans tous les sens et transpire abondamment :

— Ce sac, ici, amène ce renne ! il est trop lourd, ce ballot ! qui a fait ça ? La tente, elle est où ? Et les poneys ? qui m'a bâté celui-ci ?

Quatre heures de l'après-midi, et nous ne sommes toujours pas partis. Restent les enfants de moins de deux ans. Eux aussi vont être bâtés. On les installe le plus confortablement possible sur des selles. Des planchettes sur les côtés forment une sorte de caisse que l'on tapisse de peaux. Le bébé est maintenu par des lanières de cuir qui retiennent les peaux serrées contre lui. Dès l'âge de cinq ou six mois, le petit prince commence son apprentissage du renne et du voyage. Pas étonnant que dès l'âge de trois ou quatre ans, quand ils commencent à enfourcher les rennes, les jeunes Évènes fassent preuve d'un équilibre incroyable.

Ces heures et ces heures d'agitation finissent par donner un résultat. Enfin la caravane prend forme. Une centaine de rennes bâtés et cinq chevaux lourdement chargés. Immense, la file commence à s'étirer dans la toundra. Les premiers rennes sont loin devant lorsque les derniers quittent le camp, désormais vide. J'aperçois Boris monté sur l'un des chevaux. Malgré sa jambe unique, il trotte joyeusement d'un bout à l'autre de la caravane.

En voyant certains rennes tracter les grands piquets de tente qui traînent sur le sol, j'ai l'impression de participer à l'une de ces formidables migrations des peuples du nord. Je me souviens des images des livres d'histoire, qui nous racontent comment l'Indien d'Amérique, grand voyageur des pays d'en haut, accomplissait d'interminables périples à travers les immensités, pour conquérir de nouveaux territoires.

Combien de temps disposerons-nous encore du privilège de voyager ainsi ?

Je crains que les moteurs fassent bientôt irruption dans le silence de la toundra. Dans quelques années, ce sont les puissants camions 4 × 4 à chenilles qui transporteront les bagages. Les Évènes le savent et déjà parlent de ces drôles de mécaniques qui changeront la vie. Finies les journées éreintantes de voyage où il faut préparer, équilibrer, ficeler des centaines de sacs. On entassera le tout dans le bel engin du clan, financé par les Japonais qui achètent en dollars les bois de rennes, à partir desquels ils fabriquent des aphrodisiaques.

Combien d'Évènes regretteront les majestueuses caravanes défilant dans la toundra arctique sibérienne ? Pas plus probablement que d'Européens ne sont nostalgiques de l'époque des voitures à cheval…

Inéluctable mouvement du temps. Irrémédiable marche du progrès. Jusqu'où ira-t-on ? Les Évènes savent les choix irréversibles. Nous parlons souvent avec Vassili du progrès porteur d'espoir mais aussi de craintes.

Je perçois parfois chez lui un mouvement de révolte lorsque l'on évoque les ambitions du gouvernement… qui les dirige mais dont ils ne veulent pas dépendre… Éternel dilemme.

Lorsque nous passons le col marquant la ligne de partage entre deux immenses alpages de lichen, un ciel bleu éclatant laisse présager quelques belles journées ensoleillées. Vassili pointe le doigt vers le ciel :

— Demain, nous partons au mouflon, me dit-il.

Vassili est content. Il ne reste plus que cinq kilomètres, et dans une heure à peine : « *Tchaï pit !* » Vassili ne pense qu'à ça. Au thé et au mouflon.

Aussitôt que nous aurons mis pied à terre, les femmes allumeront un feu et prépareront le thé. Pendant ce temps, les hommes débâteront, monteront les tentes, déballeront les sacs… Jusqu'à ce que la théière chante. Alors ils oublieront tout. Et tant pis si une tente en cours de construction s'affaisse. Priorité au thé, et le plus sucré possible.

Vers dix heures du soir, le campement est entièrement remonté, comme s'il avait toujours été là. Même capharnaüm autour de la tente de Vassili, même rigueur autour de celle d'Yvguénié.

C'est toujours le chef du clan qui choisit le lieu du campement dans un itinéraire, différent d'une année sur l'autre. Il faut laisser deux ou trois ans d'intervalle aux pâturages de lichen pour qu'ils aient le temps de se renouveler. Mais qu'importe ! À dix kilomètres près, la configuration reste la même. Le campement se déploie toujours dans un grand cercle de deux cents kilomètres qui, en quatre mois, le ramènera à son point de départ, dans la vallée « Ichi » pour l'hivernage.

Alors, tout le monde rentre au village. Pendant les beaux jours d'automne, les hommes s'accordent le droit de traîner un peu, de chasser ici et là, de partir à la cueillette des champignons et des myrtilles. Ils confectionnent des caches de viande et profitent de la vie en famille.

— C'est le meilleur moment de l'année, m'explique Vassili. Pas trop chaud, pas trop froid, pas de moustiques, pas de pluie, tout juste un peu de neige, ça aide à pister les animaux.

Vassili et sa famille mettent quinze jours à effectuer un voyage qui pourrait n'en prendre que quatre ou cinq. Ensuite, après être resté quelques jours au village, Vassili retourne vers la vallée où il passe l'hiver, parfois rejoint par l'un ou l'autre de ses fils ou par Yvguénié et son frère.

À la fin du mois d'octobre, on conduira trois à quatre cents rennes à Sebyan Kuyel. Leur viande sera embarquée en avion pour Yakoutsk, Irkoutsk, parfois Moscou.

Pour l'heure, le campement est installé et les discussions vont bon train. Vassili élabore le programme des prochains jours : faire surveiller le troupeau par équipes de deux hommes, organiser une expédition de chasse au mouflon dans un massif éloigné, établir deux dépôts de nourriture sur l'itinéraire de transhumance...

Yvguénié, Vassili et moi partirons à l'aube demain matin dans une zone fréquentée par les mouflons. Nous serons absents quatre jours et Alona prépare déjà les paquets : thé, sucre, beurre, une douzaine de galettes de pain, quatre peaux de rennes en guise de sacs de couchage et une petite tente.

— Nous emporterons neuf rennes, décide Vassili.
Yvguénié approuve en hochant la tête.

Le lendemain matin, comme d'habitude, à dix heures, malgré les courageuses résolutions prises la veille au soir, nous buvons toujours du thé... Vassili n'est pas pressé. À quoi bon, ce soir nous y serons ! Bien décidé pour une fois à ne pas céder à l'énervement, je patiente, et à onze heures, lorsque Vassili décide enfin de partir, je propose... une dernière tasse de thé d'un ton résolument ironique.

— Pourquoi pas, allons chez Boris, me répond Vassili ravi.

J'éclate de rire plutôt que de rage.

6

Vassili, en tête, ne cesse de taper sur la croupe du renne avec son bâton pour qu'il maintienne le trot. Partis à midi, il faut, comme toujours, rattraper le retard en forçant les animaux.

Je m'efforce de suivre. J'ai oublié mon ironie de la veille et j'enrage intérieurement contre ce rythme effréné. Il va falloir tenir des heures entières, alors qu'en partant un peu plus tôt... nous aurions pu nous abandonner à la puissante solitude de la toundra ensoleillée. Nous aurions égaré nos regards sur la colline, en suivant le vol d'un pluvier ou de quelques bécasseaux. Mais non, il faut courir, suer, frapper ces pauvres rennes qui tirent la langue et soufflent bruyamment. Je déteste cette manie du retard évène. À quoi bon traîner le matin pour ensuite courir sur la piste ?

— Ne t'énerve pas, répète Vassili, ce soir on y sera !

Toujours la même réponse.

Je ne décolère pas, ballotté sur le dos de mon renne qui se permet de tourner à gauche quand les autres vont à droite, de descendre quand il faut monter, de s'arrêter quand il faut accélérer. Je n'en peux plus de frapper des pieds, de planter mon bâton à droite, à gauche, pour éviter de tomber.

Mais les Évènes sont imperturbables. Et nous trottons toujours, grimpant une colline, en dévalant une autre, traversant des marais infestés de taons et de moustiques qui nous sucent le sang.

Enfin, ce doit être l'heure du thé. Nous nous arrêtons, Vassili prépare le feu. Yvguénié, après avoir attaché les rennes ensemble, « jumelle » distraitement les montagnes qui se dressent, imposantes, en face de nous.

— *Tam, baran!* annonce-t-il une minute plus tard en nous montrant une crête sur la gauche.

À cette annonce extraordinaire, Vassili se lève si brusquement qu'il renverse la théière. Il s'empare des jumelles et… compte les mouflons.

— Sept, huit mouflons! Regarde, Nicolas, c'est notre chance, ça! Tu vois, ils sont venus se coucher là en fin de matinée. Si on était partis plus tôt, on les aurait loupés!

Évidemment. Sacré Vassili!

Avec son couteau, Yvguénié trace un plan dans la terre. En quelques secondes, je vois se dessiner les crêtes, les deux montagnes, l'endroit où nous nous trouvons. Vassili mesure le vent, sa force, sa direction. Penchés sur la carte au parfum de tourbe, nous échafaudons un plan d'approche.

— Nicolas, tu arrives par-derrière, à bon vent. Ici, dit-il en posant la pointe de son couteau sur la crête. Toi, Yvguénié, tu te places là et moi plus bas.

— Ça ne sert à rien qu'Yvguénié se place là, dis-je à Vassili. Regarde le sentier dessiné sur la crête. À tous les coups, les mouflons vont le suivre pour s'échapper par le col. C'est là qu'il faut quelqu'un.

Vassili observe la montagne avec les jumelles et acquiesce :

— Tu as raison.

Yvguénié regarde lui aussi et approuve.

— On fait comme ça. Combien de temps te faut-il pour arriver là-bas ? me demande Vassili.

— Une heure et demie.

— Au moins, calcule Vassili. On te laisse une demi-heure d'avance.

Le temps de prendre un thé… Un hasard, sans aucun doute !

Je décroche un sac, le bourre avec un chandail de laine, un peu de corde, un morceau de galette et un bonnet. Et puis je pars en direction des montagnes. Je dois les contourner par le nord, vent de face.

Trois quarts d'heure plus tard, j'attaque la pente de biais, afin de surprendre les mouflons par-derrière la crête. Ils n'ont pas bougé. J'en compte neuf. Trois femelles avec trois petits, deux mâles de deux ans et la vieille brehaigne meneuse de la harde, qui se redresse toutes les deux minutes pour observer les environs. C'est elle et elle seule qu'il faut surveiller.

Le lichen séché par le soleil crisse sous les pieds. Plusieurs lièvres arctiques s'enfuient en levant exagérément leurs petits derrières blancs. Le soleil me brûle la peau, de grosses gouttes de sueur creusent des sillons sur mon visage crispé par l'effort. La pente est raide et les pierres instables roulent sous les pieds.

Caché depuis une demi-heure des mouflons, je me demande ce qui va se passer. Auront-ils changé de place ? Pourrai-je les approcher sans qu'ils m'entendent, me sentent ou m'aperçoivent ? Vassili et Yvguénié ont-ils réussi à se placer sans les alarmer ?

C'est toute l'émotion de la chasse à l'approche. Que la vieille brehaigne entende un bruit, perçoive une odeur, et elle déclenchera la fuite. En quelques minutes, les mouflons hors d'atteinte ridiculiseraient notre tentative.

Nos efforts, ces heures de marche dans la montagne, les difficultés engendrées par les éboulis et par la neige, n'auront servi à rien.

Je traverse une immense plaque de neige crevassée, veinée des traces de mouflons venus lécher le sel concentré à la surface du névé. À l'approche de la crête, je redouble de prudence. Un simple caillou qui roulerait dans la pente provoquerait leur dérobade.

Dans quelques mètres, je saurai si mon approche a réussi, en passant la tête au-dessus de la crête.

Mais rien ne se passe jamais comme prévu. C'est une tête de mouflon qui apparaît sur la crête, la vieille brehaigne. Elle regarde derrière elle, inquiète. Sans doute a-t-elle repéré Vassili ou Yvguénié.

D'un violent coup de reins, elle commande tout à coup la fuite. Placé à cent cinquante mètres de la harde, je vise soigneusement l'un des deux mâles fermant la marche et tire, recharge, tire... À la troisième balle le mouflon roule dans la pente.

Vassili sera content. En voilà toujours un !

Je monte plus haut sur la crête et cherche mes compagnons avec les jumelles. Au bout d'un quart d'heure, essoufflé, rouge, presque cramoisi, Vassili arrive par la gauche.

— *Oubilat ili niet ?* (T'en as eu un ou pas ?)
— Un jeune mâle.
— Ils ont dû voir Yvguénié, m'assure Vassili.
— Ou toi.

Vassili éclate de rire.

— Ou bien toi.
— Ils ne seraient pas venus par ici se jeter dans la gueule du loup !

— Tu penses ! La seule occasion de leur vie qu'ils avaient de voir un Français !

Nouveaux rires.

Nous nous asseyons sur les crêtes et attendons Yvguénié qui arrive une demi-heure plus tard avec trois rennes.

Nous découpons le mouflon en quatre. Vassili accroche les morceaux, bien en équilibre de part et d'autre de la selle, sur nos deux rennes.

Nous descendons.

En bas de la montagne, nous dégustons des morceaux d'épaule grillés en buvant des tasses de thé. Le soleil baisse, rasant la toundra et allongeant les ombres. Las, fatigué, je me laisse bercer par le crépitement du feu, chassant les moustiques. Tout est calme. Le temps a suspendu son vol. Mais voilà Vassili qui se lève, s'affaire, va chercher les rennes.

— *Chto ti délaiech ?* (Qu'est-ce que tu fais ?)
— Il est temps.
— Temps de quoi ?
— De partir.
— Hein ! Maintenant ?

Vassili ouvre ses grands yeux ronds.

— Ben oui, on n'est pas encore arrivés.

J'aurais donné tout l'or du monde pour passer la nuit ici. On peut tout me demander mais surtout pas, à l'instant présent, de monter sur un renne pour repartir et trotter des heures durant dans la nuit.

Mais il faut partir.

Après tout, que suis-je d'autre qu'un Français en pays évène.

Mes avis et mes états d'âme n'ont, ici, aucune valeur.

7

— *Midviet!*

Le cri monte dans la semi-obscurité de la nuit douloureuse. Je lève des yeux fatigués. Vassili, loin en tête, nous montre du doigt un ours grizzli. Je le vois courir, souple, rapide, sur le versant d'une petite montagne. Le tirer de si loin eût été vain, et le poursuivre avec des rennes aussi fatigués, illusoire. L'ours disparaît bientôt, comme il était venu, magiquement, par surprise, mirage du Grand Nord.

Les nuages obscurcissent le ciel, les étoiles s'éteignent une à une. Je suis obsédé par l'idée d'arriver, arriver enfin. J'ai l'impression d'être encore dans les limbes : cette marche dans la toundra et dans ces montagnes enneigées n'est qu'un parcours initiatique dans un tunnel obscur. Au bout rayonnera la lumière, l'éclat de l'arrivée. Ah ! Arriver enfin. À l'instant, je donnerais tout pour un *« tchaï pit »* !

Mais nous n'arrivons jamais. Une montagne en cache une autre. C'est ainsi à l'infini. Les Évènes en ont vu d'autres et se reposent, avachis sur leur renne qui avale les kilomètres tristement. Mon corps à moi n'est plus qu'une courbature qui se tord et lutte pour tenir. Mais je tombe. Vassili s'arrête en soupirant et répète :

— *Bliska, bliska.*

« Bliska », tu parles ! Ça fait des heures que soi-disant c'est « bliska ». On ne me le fait plus, le coup du « bliska », comme à un enfant à qui l'on promet toujours que l'on arrive !

Les nuages gris défilent au-dessus de nos têtes, couverture que la toundra et les montagnes tirent sur elles pour dormir. Ah ! Dormir. S'arrêter enfin, je ne pense qu'à ça. Un peu de neige tombe du ciel. Pour tenir, je fixe une tache, une rivière, une colline dans la toundra, n'importe quel point immobile, et je me persuade que c'est là-bas, qu'il faut tenir jusque-là. Quand le point est dépassé, j'en prends un autre. Et ainsi de suite.

— *Gora tam.*

C'est là ! Je tombe à terre plus que je ne descends de selle. Aussitôt les rennes se mettent à brouter le lichen. J'ai à peine la force d'allumer un feu pendant qu'Yvguénié et Vassili plantent des piquets pour attacher les rennes avec cinq ou six mètres de corde.

— *la ouzdal* (Je suis fatigué), me confie Vassili.

Tout de même.

— *Tchaï pit.*

Nous buvons trois théières de thé (six litres) et nous nous couchons. La neige a cessé de tomber. Demain il fera beau et nous irons chasser.

Pour l'instant, dormir, dormir comme un mort.

Au petit matin, toutes forces retrouvées, je me lève le premier et prépare le thé dans un décor grandiose, majestueux. Les montagnes aux cimes enneigées surplombent l'immensité plate de la toundra. De loin en loin, quelques lacs aux eaux métallisées brillent sous le soleil. Paisibles, les rennes se reposent, couchés sur le flanc, la tête droite, indolents.

Je taille quelques morceaux dans le filet rouge du mouflon et les dépose sur la braise.

J'aime le petit matin. C'est l'heure du jour où je pense le plus à ma Sologne mystérieuse. Lorsqu'elle s'éveille, les chevreuils viennent en bordure des bois brouter l'herbe grasse des prairies, les hérons pêchent, pattes dans l'eau, en jetant ici et là leurs grands cous gracieux, les palombes quittent le bois pour se rendre dans les chaumes où les perdrix rappellent leurs petits.

Tout est calme, serein.

Une heure passe avant qu'Yvguénié n'émerge, puis c'est au tour de Vassili qui râle, comme toujours, invoquant son mal de dos et la dureté de la couche.

Heureusement, « *tchaï pit* ». Vassili noie son malheur dans le thé comme d'autres dans l'alcool. Et la forme revient en croquant à pleines dents la viande tendre et parfumée du mouflon.

— Il faut en ramener quatre ou cinq au clan, dit Vassili.

— Celui-là ne compte pas, poursuit Yvguénié, on l'aura fini avant de rentrer.

Il se taille quelques gros morceaux dans l'épaule avant de se resservir de thé pour la cinquième fois. Aujourd'hui nous chasserons chacun de notre côté. Yvguénié au sud, moi au nord et Vassili… au camp.

— Bonne chance, nous dit-il, ravi, en refermant la tente avec un éclat de rire.

Nous sellons deux rennes et cheminons ensemble jusqu'en haut d'une crête avant de nous séparer. Mon renne est magnifique, un vrai seigneur de la toundra avec ses grands bois symétriques, son encolure forte et sa poitrine musclée. Je commence à me sentir plus à l'aise en selle. Mais il aura fallu quelques jours de souffrance.

Tous les quarts d'heure, je m'arrête pour «jumeller» les crêtes, les vallées et les cimes. Le renne attend sagement en broutant quelques touffes de lichen. Je n'ai même pas besoin de l'attacher. Seul, il n'irait pas loin. En groupe, ce serait différent. Une meneuse (c'est toujours une femelle) pourrait déclencher une fugue. Chez les animaux, les meneuses, les chefs de harde, sont presque toujours des femelles...

Je longe une crête en ayant soin de ne jamais passer sur l'arête pour rester à l'abri des regards. C'est toujours le moment le plus délicat de l'approche. Il faut ramper, profiter d'un rocher, d'une ombre, avancer centimètre par centimètre. Si nous sommes repérés, adieu les mouflons !

Assis contre un rocher, je fouille la montagne, inspectant chaque recoin, m'arrêtant sur chaque tache claire. De mon observatoire, je domine les vagues immobiles des montagnes striées de vert. Le paysage, nimbé d'une vapeur immobile et brillante qui semble suspendre sur ces lieux tranquilles un voile de sommeil, baigne dans un calme ineffable. Les contours lointains des collines déferlent à l'horizon avec, ici et là, les éclaboussures brillantes d'un lac vif-argent.

Loin au-dessous de moi, j'aperçois la course folle d'un torrent qui se rue avec une clameur de joie vers son destin. Je rêve, je rêve, mais voilà qu'une tache passe sur une crête, au loin. Vite, les jumelles. C'est un mouflon, un grand mâle avec d'énormes cornes qui entourent ses yeux, une poitrine tout en muscles et une démarche de seigneur. Sûr de sa force, nonchalant, il longe la crête, arpentant son domaine comme un roi à l'inspection.

Que ressent-il, ce seigneur, en contemplant la masse immobile de toutes ces montagnes éclaboussées de lumière ? Il y a des lieux magiques, des endroits privilégiés plus chargés que d'autres en énergie. Des lieux de pouvoir où l'on vient se ressourcer. Les paysages y sont toujours d'une admirable beauté.

Je reste persuadé que certains animaux, comme les loups, les chamois et les aigles, sont sensibles à la beauté. Je les ai observés des centaines d'heures. Les voir évoluer en toute quiétude dans leur milieu naturel a renforcé ma conviction. Ce loup, couché face au soleil couchant irradiant les icebergs sur la banquise du Labrador, ces mouflons d'Alaska, ces chamois des Alpes et ces chèvres des Rocheuses choisissent toujours des postes d'observation merveilleux. Est-ce par seul souci d'efficacité et de sécurité ? Scientifiquement, on ne peut prouver une telle affirmation. Et ce n'est d'ailleurs pas souhaitable. Il est des choses que l'on ne peut prouver, ce qui permet à l'imagination, aux sentiments et à la poésie de prendre leur envol.

Je mesure le vent et apprécie d'un coup d'œil le terrain qui me sépare du mouflon. Des éboulis à 40 degrés sur plus de quatre cents mètres, une barre rocheuse qu'il me faudra vraisemblablement escalader, puis l'arête étroite surplombant un à-pic vertigineux. La partie n'est pas gagnée.

Je marche au ralenti dans l'éboulis. Les pierres instables roulent sous mes pieds. Mon renne avance sans marquer la moindre hésitation. Le mouflon, couché sur l'arête à l'ombre d'un grand rocher dressé vers le ciel, disparaît bientôt de ma vue. J'arrive au pied de la barre rocheuse et attache le renne à un gros rocher noir.

L'escalade me prend une bonne demi-heure. Le rocher, friable, se délite. Gêné par la carabine qui se balance dans mon dos, je manque à deux reprises de tomber dans le vide. J'arrive au sommet, essoufflé, en sueur.

Coup de jumelles, plus de mouflon ! Je suis l'arête sur six cents mètres et repère quelques empreintes qui se dirigent vers la vallée sur le flanc abrupt du versant ouest. Les suivre serait un suicide. Il me faut longer l'arête pendant deux kilomètres, passer par la forêt et remonter la vallée, au pas de course. Avec à peine une chance sur dix de retrouver le mouflon. Une heure plus tard, je suis dans le creux, à la verticale du rocher. En coupant le sentier suivi par le mouflon, je m'aperçois qu'il a franchi le ruisseau et est reparti par la forêt en direction de la crête opposée.

Je décide de le pister. Les empreintes, nettement dessinées dans la terre noire et humide de la forêt, suivent une coulée empruntée chaque jour par une douzaine d'animaux d'âge et de sexe différents. Les herbes foulées, le cisaillement des brins de graminées et quelques marques fragiles me permettent de suivre l'itinéraire de « mon » mouflon. Apparemment, il est calme, comme en témoigne son parcours hésitant, à la billebaude… Je traverse une forêt de mélèzes malingres qu'il a franchie d'une traite, d'un pas sûr et régulier.

Lorsque je débouche à l'orée de cette petite forêt, je le vois poser en plein soleil, dans une attitude orgueilleuse de grand seigneur. Ma balle tirée soigneusement en plein cou renverse l'animal qui roule dans la pente. Les montagnes me renvoient l'écho du coup de feu qui a brisé le silence et la vie.

C'est ainsi dans les montagnes Verkoïansk, comme dans tous les grands espaces sauvages, la vie côtoie la mort dans le plus beau et le plus impitoyable des équilibres.

8

La journée a été bonne. Vassili a bien dormi et a même pêché le dîner. Yvguénié a rapporté un jeune mouflon. Moi, j'ai tué un vieux mâle. Il est un peu dur. Mais la viande s'attendrira en vieillissant sans pour autant perdre son parfum inégalable. Seule ombre au tableau, le beau temps qui nous fausse compagnie. Les nuages ont repris leur position menaçante au-dessus de nous et jettent un voile obscur sur la toundra écrasée.

Des pluviers volent autour du camp, mêlant leur ronde au mouvement gracieux de quelques chevaliers guignettes qui planent au ras de notre tente, les ailes arquées, en criant : *« tidididit »*.

Les chevaliers combattants paradent au sol, colliers jaune et rouge déployés. Non loin de là, les femelles surveillent les premiers vols des petits. Les moustiques, comme une poussière suspendue dans les airs, sont attirés par la lumière joueuse de la flamme et viennent s'y griller les ailes. Les hommes haïssent ces persécuteurs, dont l'existence est pourtant essentielle à l'écosystème des régions arctiques, si fragile mais si parfait.

Sur la mort d'un mouflon, on s'attendrira, on s'indignera même. Mais que des myriades de moustiques grillent dans le feu, agonisant doucement dans le lichen, pattes et ailes brûlées, et l'on se réjouira. Impitoyable subjectivité des sentiments humains !

Des flocons de neige mouillée, lourds et épais, se mettent à tomber. Nous restons en cercle autour du feu. Toute notre provision de bois y passe. Les flocons qui s'accrochent à notre dos finissent par le recouvrir d'une mince pellicule blanche. Nos visages brillent et prennent des couleurs irréelles au gré des flammes jaunes et rouges. Nos mains plongent de temps à autre dans la poêle pour y piquer un morceau de viande. Les truites fario, léchées par les flammes, se tordent. Nous les mangeons à peine cuites, avec beaucoup de sel. Scène sauvage entre toutes.

Ce serait le moment de prendre une photo. J'y pense, j'hésite et je ne la prends pas. Comment photographier un climat ? L'ambiance n'est pas plus saisissable sur la pellicule qu'un souffle de vent.

— Demain, à cinq heures, nous partons vers le nord. Si la journée est belle et que nous tuons deux mouflons de plus, nous pourrons rentrer. Ce sera assez, déclare Vassili qui aime dresser des plans pour l'amour des plans.

Deux heures plus tard, il les a oubliés. Et le lendemain il les exécutera à l'envers. C'est ce qu'on appelle la « liberté ». Yvguénié, coutumier du jeu, en rajoute.

— Oui, à cinq heures c'est bien, nous serons au pied des montagnes à sept heures. Nous pourrons y boire un thé avant de monter, et puis c'est la bonne heure pour observer les animaux qui se déplacent.

Les Évènes ne disent jamais « je pense ». Ils disent : « les Évènes pensent », « nous pensons », « nous irons »… Ils se prononcent rarement sur leurs sentiments personnels, préférant mettre en valeur les sentiments du groupe. C'est sans doute la raison pour laquelle on les entend rarement se quereller. Leur mauvaise humeur est ponctuelle, éphémère. L'Évène existe en groupe. Se retrouver après une chasse difficile, se serrer autour d'un feu, manger et boire le thé ensemble, voilà ce qui prime sur tout le reste. Même sur le sexe qui est une affaire privée donc secondaire.

Vassili et Yvguénié manifestent déjà leur hâte de rentrer. De retrouver le clan pour raconter leur chasse, se moquer les uns des autres, rire et manger.

— Demain soir, nous serons au « *stada* », répète Vassili, si la chasse est bonne...

Mais, à neuf heures le lendemain matin, Vassili boit toujours son thé, répétant qu'avec cette neige les animaux attendront le milieu de la journée pour se déplacer, et que de toute façon ça ne sert à rien de se presser puisque nous ne rentrerons pas ce soir au « stada », et que...

La neige a été chassée par le vent du nord-est. Peu à peu l'atmosphère se dégage. Un soleil rouge estompé de brun se lève dans un ciel zébré de traînées jaunes et fauves.

Enfin nous partons.

La neige tient par plaques, absorbée par toute l'eau qui sourd de la terre et l'alourdit. Les « *floc floc* » scandent notre marche, pour une fois agréable. En tête, Vassili fredonne, l'esprit tranquille et le ventre plein. Mais il interrompt sa chanson pour me poser des questions. Il en médite longuement les réponses avant d'enchaîner.

— Tu habites une maison comment en France, en bois, en pierre ?

Je lui explique la brique et la tuile.

— Il y a des montagnes chez toi, des forêts, des animaux ?

Je lui parle de la Sologne, de ses forêts et de ses étangs, des sangliers et des chevreuils. Vassili acquiesce gravement avec des « *ha, ha, ha* » qui, selon l'intonation, expriment tour à tour la surprise, l'admiration ou l'incrédulité.

— Et qu'est-ce que vous mangez comme viande ? vous faites de la galette ?

— Nous mangeons de la viande d'élevage. Chez nous, plus personne ne fait son propre pain.

— Haaa.

— Et quand tu voyages, tu prends ta tente ?

— Oh ! tu sais, en France il y a des maisons partout. On n'a pas le droit de coucher n'importe où.

— Haaa.

La curiosité de Vassili est intarissable. Nous devisons pendant des heures sur la France. Jusqu'au pied des montagnes.

La neige a complètement disparu. Le soleil a pris le dessus. Même le lichen commence à sécher. Nous allumons un feu et préparons un thé en « jumellant » les montagnes. Rien à l'horizon. Alors, nous décidons de nous séparer. Vassili et Yvguénié partent d'un côté et moi de l'autre. Cette fois-ci, j'ai insisté pour être seul. Je me retire du groupe pour mieux dialoguer avec ce qui m'entoure. Enfant d'une culture qui dit d'abord je, j'ai besoin de ces plages de solitude. Moi encore plus qu'un autre. Très solitaire à mes heures...

Sur le chemin du retour, vers minuit et demi, j'aperçois mes amis au bord d'un petit torrent. De loin, j'avais vu la fumée monter au-dessus des arbres. Les deux compères se «payaient» un bon thé avant de rentrer. La chasse, mouvementée, n'avait pas donné les résultats escomptés. Une belle bredouille malgré dix heures de patience. Mais les approches avaient raté pour un faux pas dans un éboulis, pour la saute d'humeur d'un vent capricieux, pour un tir précipité de Vassili.

— J'ai tiré comme une femme (traduisez: J'ai tiré comme un pied!).

Le lendemain matin, malgré le vent et la neige, suivis de pluie et de brouillard intermittents, nous réussissons une belle manœuvre, tirant deux animaux au moment où nous désespérions.

Sur le chemin du retour, Vassili glisse dans un éboulis et s'ouvre le mollet sur un bon centimètre d'épaisseur. Son sang, qui se mêle à celui des mouflons tués et attachés au renne, trace de longs sillons dans les poils mouillés de sa monture.

Yvguénié, hilare, se moque de lui.

La pluie tombe tristement sur notre caravane fatiguée qui s'en retourne vers le campement. Les yeux rivés au sol, je me baigne dans le monde multicolore qui vibre sous le soleil de l'été: des petites renoncules aux boutons d'or, des saxifrages aux fleurs mauves et rouges, des lychnis aux feuilles de velours pourpre, et puis, ce lichen crépu et noir agrippé aux roches couleur rouille, blanche ou jaune qui affleurent à peine du sol.

La nature s'est évertuée à donner à ce lieu déserté les nuances les plus rares et les plus fines. À l'automne, cette profusion de couleurs disparaîtra dans une tonalité unique, se préparant, dans cette tenue sobre et austère, aux grands froids de l'hiver.

Mais je m'enivre de cet instant où la toundra exhale une délicieuse odeur d'humus et de tourbe, qui se mêle à la fragrance des marécages, apportée par le vent. Je regarde, je sens, j'écoute.

Les heures passent, les rennes avancent tranquillement.

Vassili et Yvguénié ne pensent qu'au thé bien sucré, à la crème épaisse et onctueuse de renne que nous dégusterons au campement.

9

Toujours la neige, comme pour illustrer le vieux dicton sibérien : « En Sibérie, l'hiver dure douze mois, le reste c'est l'été. »

Lorsque nous arrivons au « *stada* », les enfants jouent, personnages miniatures de quelque théâtre d'ombres qu'illumine la lueur irréelle d'une lune blafarde... Les tentes blanches, noyées dans la masse grise et fauve des rennes rassemblés, semblent en mouvement comme des bateaux à l'ancre sur une mer houleuse. La fumée blanche sort, droite et épaisse, des tuyaux noirs, à peine visibles dans la nuit.

Nous n'avons pas encore mis pied à terre que déjà les enfants nous entourent, nous harcèlent de questions.

Vassili y répond en criant et en riant :

— Fichez-nous la paix, foutue marmaille !

Cependant les femmes préparent humblement le thé et disposent sur la table les meilleures galettes, le beurre, la crème et quelques morceaux choisis de viande de renne.

Vassili et Yvguénié prennent leur temps.

Les hommes du clan les rejoignent en silence. Pas de questions. Ce serait de mauvais goût de gâcher par quelques mots lâchés à la sauvette le récit qui va prolonger la chasse.

Nous entrons dans la tente. Vassili, avec un demi-sourire, se compose une tête d'homme fatigué censée en dire long sur ces quatre jours, difficiles, de chasse. Sa femme, aux aguets, lui tend un bol de thé qu'il saisit sans rien dire.

Alors seulement commence le récit. Boris pose une question.

Le silence se fait. Vassili s'anime. Les explications fusent, en désordre, avec une certaine confusion, comme pour maintenir le voyage dans les brumes du lointain.

Le chef du clan s'interrompt pour boire un bol de thé, manger quelques morceaux de renne, qu'il tranche au ras des lèvres avec son couteau. Yvguénié, un temps, prend le relais, à sa façon à lui, sérieuse.

Le récit s'organise. Les enfants entrent et sortent de la tente, discrets. L'homme qui aspire le thé bouillant ponctue le monologue de « ha haaa » approbatifs et de « srrr » bruyants.

Quel bon récit ! Vassili déclenche les rires en racontant ses maladresses. La tension des premiers instants retombe, tout le monde parle à haute voix, s'exclame, rit. Les enfants, un instant si graves et réservés, se chamaillent de nouveau en bousculant leur père qui les attrape par le cou en riant.

Ce n'est qu'un peu plus tard, une fois rassasié, que Vassili adressera la parole à Alona, sa vieille compagne qui, à l'écart, prépare déjà sa pâte pour les galettes du lendemain.

Le jour est levé depuis longtemps sur les montagnes. Nous partons, Maxime, Anatole et moi, vers le grand lac pour pêcher des truites et ramener une harde établie là depuis deux jours. Yvguénié et le frère de Vassili ont pris le chemin du marais « à mammouths », ainsi appelé pour ses trois mammouths conservés dans la glace. Ils s'y laissent ronger peu à peu par les loups et les renards.

Ils vont chasser un élan. Ils placeront la viande dans un trou pour l'hiver et rapporteront la peau qui servira à tanner le cuir des bottes. Il est question de les rejoindre demain s'ils ne sont pas revenus ce soir.

Mon renne raffole de champignons et, doué d'une acuité visuelle assez extraordinaire, les repère à plus de cinquante mètres, m'obligeant à le ruer de coups pour éviter de zigzaguer d'un champignon à l'autre.

Au lac, une centaine de femelles se reposent avec leurs petits au bord de l'eau.

— *Maballaa!*

Anatole lance son renne au grand trot et se dirige vers un monticule d'où s'échappent quatre grands corbeaux et un couple d'aigles. J'aperçois une carcasse, puis, un peu plus loin, une seconde.

— *Maballaa!* crie Anatole furieux.
— *Voulk!*

Les cadavres des deux petits rennes tués il y a deux jours environ dégagent déjà une odeur pestilentielle. Apparemment, c'est l'œuvre d'un couple de loups qui les a dévorés un peu plus tard en famille, comme en témoignent les petites traces de quatre louveteaux.

Anatole donnerait tout l'or du monde pour pouvoir les égorger tous. Je n'ose expliquer que moi je donnerais cher pour les voir, rien que pour les voir, sans les tirer.

J'aime les loups. Dans un mois, Diane mettra au monde notre premier enfant. Si c'est un garçon, je l'appellerai Loup!

N'en déplaise aux Évènes!

À moins que je ne l'appelle Meaulne, par amour de la Sologne…

Nous allumons un feu avec quelques branches mortes d'aulnes nains et préparons le thé tout en montant nos lignes. Le lac, recouvert en son centre d'une épaisse couche de glace fissurée, est ceinturé d'eau. Quelques canards, des sarcelles et un couple de fuligules nagent dans l'eau libre, le long des roseaux. Anatole approche les oiseaux en rasant le sol et tire un fuligule proche du bord.

Nous contournons le lac et sautons sur la glace pour aller pêcher au centre en creusant des trous. Une heure plus tard, une cinquantaine de petites truites rouges gisent sur la glace.

— *Poyeralé!* (Rentrons!) dit Anatole qui en a assez de pêcher.

Nous rassemblons les rennes et les menons doucement vers le campement.

L'histoire des loups fait fulminer Vassili dont les yeux lancent des flammes.

— *Maballaa!* (Quelle saloperie!) hurle-t-il dans la tente.

Ses enfants baissent les yeux. Ils savent qu'à la première incartade il passera sa colère sur eux. André, qui a écouté le récit d'Anatole sans mot dire, se lève, décroche une paire de jumelles, sa cartouchière et sort, en demandant à Maxime d'aller lui chercher un renne.

— Qu'est-ce que tu vas faire? demande Anatole.

— À ton avis? répond simplement André qui n'attendait que ça.

Pauvre Anatole. Il s'en veut déjà de ne pas avoir pensé à aller traquer les loups. Dans un coin de la tente, il ressemble à ce sauteur à la perche des Jeux olympiques qui a brisé sa perche avant même de sauter !

Vassili et moi sellons deux chevaux et trottons vers les grands marais. Nous voulons rejoindre sans attendre nos chasseurs d'élan.

Peu avant minuit, nous les retrouvons autour d'un feu.

Ils ont manqué un grand élan blessé à la patte, les traces se sont perdues autour d'un lac, après trois heures d'une poursuite harassante dans les roseaux. Nous arrivons à point pour leur prêter main-forte.

Une fois n'est pas coutume : je suis à peine levé, le thé n'est pas encore prêt, et Vassili me rejoint, la mine réjouie.

— *Oroche spit* (J'ai bien dormi), me dit-il satisfait en appréciant d'un vaste tour d'horizon la météo du jour.

Yvguénié et Volodia nous rejoignent un peu plus tard, soucieux. Cette histoire d'élan les a poursuivis dans leur sommeil.

— On va le prendre en tenailles, dit Vassili en riant, visiblement en très grande forme ce matin. Nicolas et moi par l'ouest, vous par l'est. En route.

Et sans reprendre le thé !…

En cheminant autour du marais, je comprends, aux multiples questions que Vassili pose sur la France, les fondements de sa bonne humeur. Hier soir, je lui ai suggéré de venir visiter notre pays et nous en avons parlé longuement. Très excité, il se voit en train de fouiner dans les magasins du Vieux Campeur dont il connaît déjà tous les trésors, grâce au catalogue que j'ai apporté à son intention. Il s'imagine sur les Champs-Élysées, sur les autoroutes… Ce monde inconnu le fascine.

Distrait, il est bien loin de nos préoccupations sibériennes et rate la piste de l'élan que j'aperçois par hasard en observant un lagopède !

Vassili n'en revient pas et me tape dans le dos en sifflant admirativement.

— Bravo, t'es un meilleur Évène que moi. Ha ha ha !...

Nous avons de la chance, la piste est fraîche. Nous attachons nos chevaux à un bouleau, puis Vassili, courbé, étudie avec soin les traces.

— Hahaa ! Vassili s'arrête, incrédule. Ce n'est pas l'élan blessé, déclare-t-il, soucieux.

— Pourquoi ?

D'un geste il explique que cela se repère à une foule de détails difficiles à expliquer. La forme des empreintes et l'allure de la piste trahissent l'animal aussi sûrement que si nous l'avions en face de nous.

— Tant pis, on le suit, décide Vassili.

La piste nous amène au pied d'une colline puis vers une rivière. Là, plus de piste : le sol est trop dur.

Un coup de feu, puis un second, étouffés par la distance, mettent fin à notre poursuite. Une demi-heure plus tard, nous retrouvons nos deux compères satisfaits, assis sur l'élan blessé. L'instinct plus que le calcul les a menés jusqu'à lui. Ils ont allumé un feu pour chasser les mouches. La chaleur est écrasante et nous suons à grosses gouttes en découpant la bête.

Avec la chaleur, l'odeur de la viande et du sang, s'égouttant sur les vêtements, les bras et le visage, me dégoûtent. Les mouches, par centaines, se posent sur les morceaux sanguinolents, et les taons en profitent pour nous piquer. Nous creusons dans le sol gelé, dur comme du béton, un trou pour y déposer la viande. Plus loin, on brûle les intérieurs non consommables (les poumons, l'intestin et la plèvre) afin qu'ils n'attirent pas un ours ou un loup. L'odeur en est repoussante.

À cet instant précis, je me prends à regretter le bifteck sous cellophane…

Dès l'âge de trois mois, les enfants nomades sont juchés sur les rennes et suivent la caravane qui se déplace tout l'été dans la toundra.

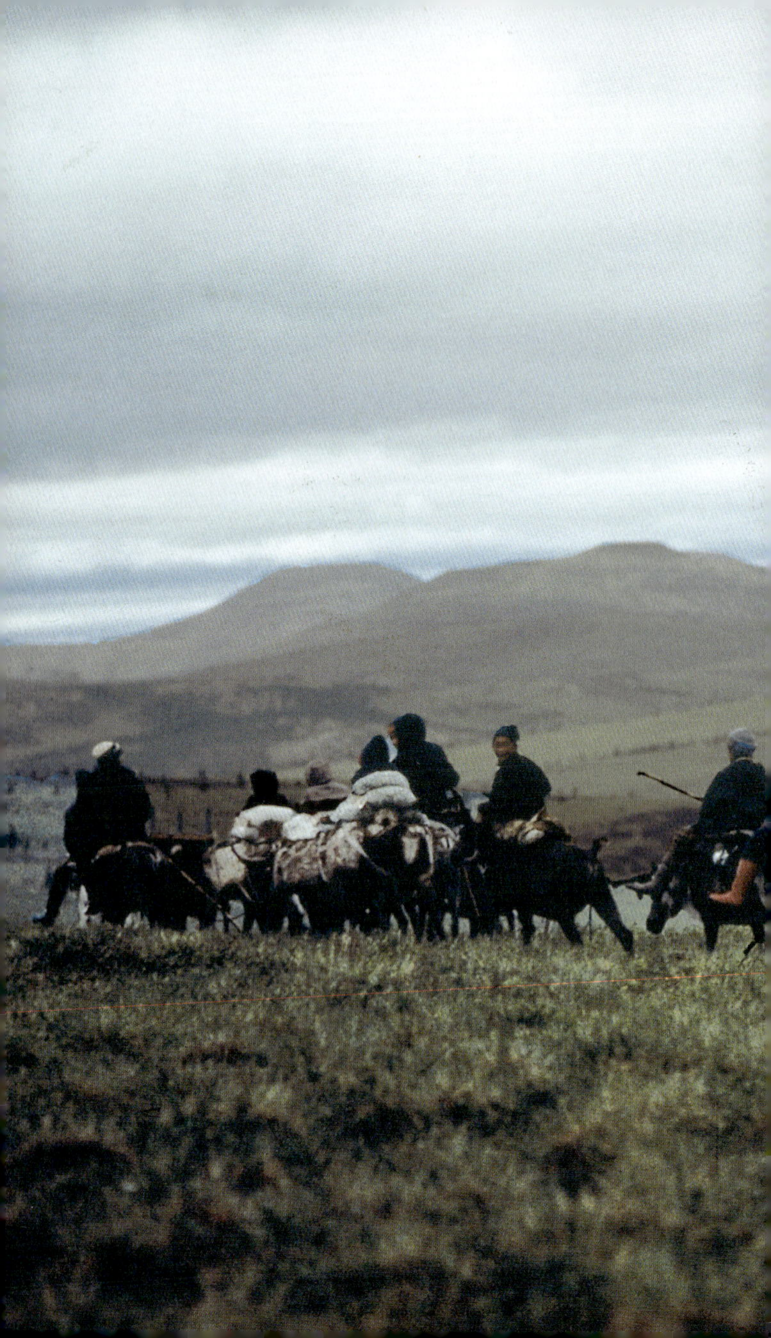

En file indienne, c'est une trentaine de rennes montés
par les hommes, les femmes, les enfants et leurs bagages
qui passent les cols à plus de 3 000 mètres
qui séparent les alpages de lichen.

Lorsque les hommes rassemblent le troupeau autour des tentes afin qu'il ne se disperse pas trop dans la toundra infinie, les jeunes filles donnent du sel aux rennes pour les attraper.

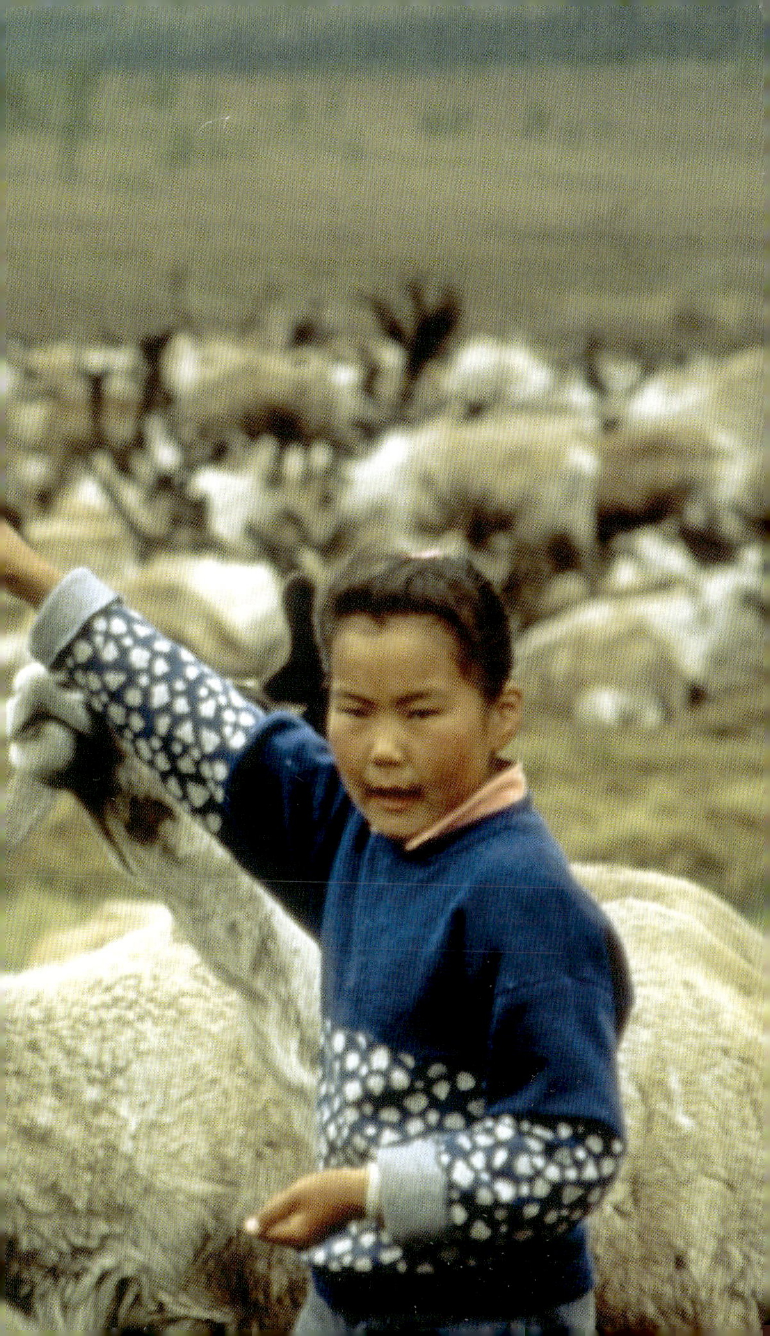

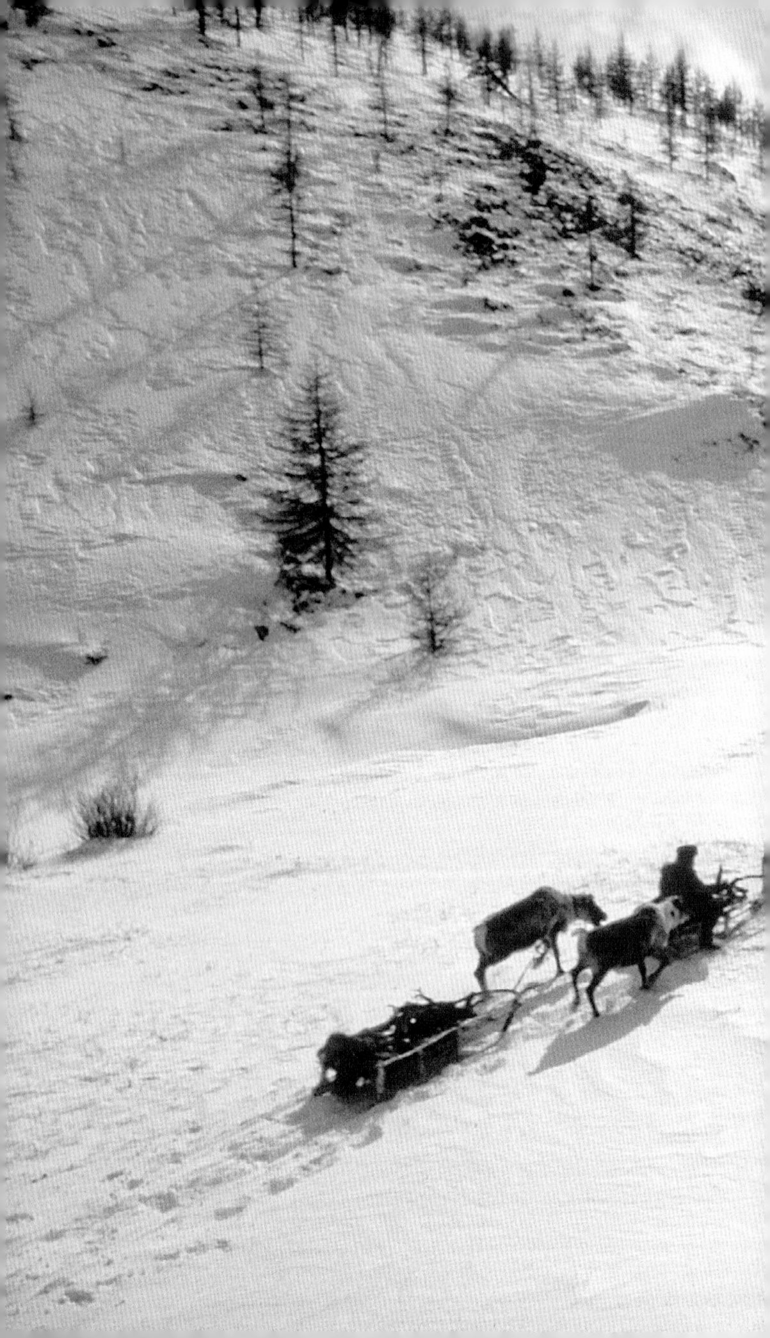

En hiver, c'est en traîneau que les nomades se déplacent dans la blancheur des montagnes Verkoïansk par des températures qui peuvent atteindre les - 65°C.

Lorsque les adolescents ramènent le troupeau autour du camp, tous les nomades sortent des tentes pour compter les rennes.

Sauf mention spéciale, les photos sont de l'auteur.

10

Les jours s'écoulent comme de gros nuages traversant le ciel avec lenteur et résignation, poussés par le vent de la vie. Si je n'avais pas ma ferme en Sologne, je serais venu ici, avec Diane, vivre quelques années ou toute la vie dans les montagnes.

Vassili me l'a proposé, tout comme Nicolaï l'avait fait l'année dernière.

— Je reviendrai en décembre avec la jambe de Boris, ai-je promis, puis en mars pour la fête des rennes.

Anatole m'a promis d'entraîner un couple de rennes avec lesquels je participerai à la course de la grande fête.

J'aime vivre les choses de l'intérieur.

— Mais comment paieras-tu tous ces billets d'avion ? m'interroge Vassili, soucieux et impressionné.

— Pour financer la jambe de Boris, le voyage du prothésiste et le mien, je vais collecter des dons. J'ai quelques amis dans la presse qui m'aideront dans ce projet.

— Hahaaa…

— Quant à mon billet pour la fête des rennes, j'essaierai de trouver un magazine qui m'achètera le sujet.

— Hahaaa…

— Moi, si je vais en France, il n'y aura pas de magazine pour m'acheter le sujet, dit Vassili.

Éclat de rire général.

— Oui, mais toi, tu as des bois de rennes à vendre aux Japonais.

— C'est vrai, mais le sovkhoze prend tout.

— C'est pas normal, il devrait vous donner un pourcentage.

Vassili et Yvguénié acquiescent de la tête.

C'est ça, le progrès, bientôt les revendications, une grève sur le tas et un syndicat des Évènes éleveurs de rennes !

Les enfants, timides et réservés les premiers jours, s'enhardissent et me posent quantité de questions.

— Il y a des montagnes en France, des rennes, des loups ? Vous allez souvent à la pêche ? Pendant combien de temps y a-t-il de la neige, l'hiver est-il froid ?

Lorsque j'explique que nous n'avons pas eu de neige chez moi depuis deux ans, les enfants écarquillent les yeux, incrédules.

Nous changeons de campement par une magnifique nuit qu'illuminent de concert la pleine lune et un soleil rougeoyant qui lèche l'horizon. René est rentré hier soir bredouille. Les loups ont changé de coin.

Le troupeau au complet voyage devant, poussé par trois enfants et Volodia. Les rennes, bâtés avec le matériel, et le reste du clan voyagent en file indienne par groupes de vingt, un peu en arrière. Je ferme la marche avec Vassili. Le spectacle grandiose, auquel même un Évène habitué n'est pas insensible, déploie ses fastes devant moi.

Malheureusement, dans quelques années, un gros camion 4 × 4 remplacera les rennes. Il restera mes photos, témoins d'un passé effacé par le progrès.

Pendant plus de dix ans, j'ai parcouru le Grand Nord, traversé des immensités vides à la recherche d'un passé disparu.

Avec mes chiens, j'ai marché sur la banquise pour

rencontrer des Inuits juchés sur leur motoneige, qui évoquaient avec émotion le temps où ils étaient encore des « hommes ».

Dans le Grand Nord canadien, au Labrador, j'ai pagayé des mois sur des rivières et des lacs sauvages comme aux premiers temps du monde. Pour tomber sur des villages où la plupart des Indiens jouaient au bingo et se droguaient à la cocaïne...

J'ai assisté à la mutation de plusieurs villages, à la construction de routes, à l'assèchement de grands lacs, à l'édification d'immenses barrages, à l'agonie d'un équilibre que l'homme conservait avec la nature. J'ai assisté à la fin d'un monde.

En fait de « premières », je n'ai réalisé que des « dernières »...

La Sibérie, à l'écart du monde et du temps, me semblait être la dernière terre, le dernier espoir... Enfiévré par tant de rêves, je me suis rué dès que la Sibérie a cessé d'être une prison, dès que ses palissades d'interdits, édifiées par soixante ans de communisme, se sont effondrées à demi.

Pendant un an, j'ai marché dans les montagnes sauvages au plus profond de la taïga pour rattraper à la course un passé qui déjà s'éloigne.

J'ai enfin rencontré des hommes qui savaient encore lire les messages laissés dans la terre par les animaux sauvages...

Mais un peu plus loin je ramais sur un lac Baïkal malade, défiguré par la construction de nouveaux complexes touristiques.

La terre est abîmée.

Jusqu'au seuil des montagnes Verkoïansk, où enfin je trouvai ce qu'inconsciemment je cherchais depuis si longtemps.

Là je ne marchais plus sur les traces de quelques peuples disparus, vivant à l'ancienne... Je vivais le présent. J'avais remonté le temps. Je l'avais enfin rattrapé.

Cela méritait une pause. Alors, je m'accorde le droit de souffler. Et de me rappeler...

Deuxième partie

11

Nous avions à peine dix-huit ans, Benoît et moi, lorsque nous nous sommes lancés pour la première fois dans une grande aventure : la traversée de la péninsule du Québec-Labrador en canot. Du Grand Nord, nous n'avions encore que des impressions, des réflexes appris au hasard d'une randonnée sauvage en Laponie. C'était deux ans auparavant.

Pour rejoindre Schefferville, un village perdu au bord de la toundra, nous avons pris un train fabuleux. Il faisait la liaison entre Schefferville et Sept-Îles en bordure du Saint-Laurent. Nous avions traversé les huit cents kilomètres, rivés aux fenêtres. Entre autres merveilles : les rapides de la rivière Moisie. Alain Rastoin, l'un de mes amis, les avait remontés à la perche et à la rame avec des Indiens montagnais. Exactement comme les Indiens qui se rendaient autrefois, une fois l'an, sur les lieux de chasse aux caribous.

Maintenant, les Indiens prennent le train et indiquent au chauffeur l'endroit où ils veulent s'arrêter : un lac, une montagne, un affluent, ou bien le kilomètre correspondant. Ainsi, plusieurs fois le train avait stoppé en pleine taïga pour débarquer un Indien avec son canot, son fusil et ses packs de bière… Il s'arrêtait aussi pour prendre une famille ou un chasseur isolé qui attendaient en bord de voie pour rentrer chez eux.

Ravis, nous ne rations pas une seule manœuvre. Nos canots, soigneusement construits en bois et en toile par les Indiens montagnais de Sept-Îles, voisinaient dans un autre compartiment avec des canots métalliques, des moteurs en tous genres, des tronçonneuses et même deux chiens qui ne cessaient d'aboyer.

Dès notre arrivée à Schefferville, des Indiens montagnais s'étaient précipités vers nous pour nous proposer leurs services, payants bien entendu. Nous les avions laissés charger nos deux canots sur un vieux « pick-up » rouillé et ils nous avaient emmenés au magasin central. Devant la vitrine, un groupe de jeunes Indiens vieillis avant l'âge par l'alcool et la drogue, casquettes américaines bleues et rouges vissées sur le crâne, nous observaient gravement.

Dans le magasin central, nous avions dépensé en soupes, en boîtes de riz, en farine et en graisse une grande partie de l'argent que nous avions gagné comme dockers occasionnels au Havre. Il ne nous serait pas venu à l'idée de compter. Déjà nous achetions comme des Indiens, à l'instinct.

Résultat : quatre semaines plus tard, à trois cents kilomètres au nord de Schefferville et à sept cents kilomètres de Kangigsukaulujuak, sur les bords de la banquise de l'Arctique, que nous espérions atteindre en trois mois, nous manquions de tout.

Les Indiens ne savent pas prévoir, mais ils savent chasser et pêcher. Nous étions encore trop novices en la matière pour espérer nous nourrir de nos prises. Et puis le coin n'était pas le meilleur, ni pour le poisson ni pour le gibier. Mais nous ne l'avons su que plus tard.

Nous étions donc totalement seuls au beau milieu d'un gigantesque territoire vierge, la sauvage taïga.

Entre le dernier village indien et le premier village esquimau, rien, sinon quatre Français et deux canots qui, à l'évidence, allaient apprendre ce qu'il en coûte de prendre le Grand Nord pour un gamin.

Dès le lendemain, le ventre vide, il a bien fallu remettre les canots à l'eau. La rivière, gonflée par les pluies, nous offrait son plus mauvais visage. Des eaux boueuses, rugissantes et traîtres, rebondissaient en bouillonnant d'écume sur les rochers menaçants. La manœuvre était la suivante : l'homme à l'arrière dirigeait le canot que l'autre, à l'avant, était censé propulser de toutes ses forces.

Ce jour-là, Benoît dirigeait le premier canot et moi le second. Nous y allions prudemment. Avant chaque rapide, repéré d'abord à son bruit, nous accostions pour étudier le passage.

— À droite au premier rocher, pour passer à gauche dans le virage. Attention aux cailloux du milieu, puis droit jusqu'au bout.

— OK !

Nous tentions de mémoriser le parcours comme des skieurs qui se répètent mentalement les portes d'un slalom.

— À gauche, à droite…

Puis nous nous élancions, la peur au ventre. Celle qui vous tétanise les muscles. Une peur attisée par l'histoire trop proche de la fin tragique d'un camarade. Il avait trouvé la mort dans cette rivière, sur un canot comme le nôtre.

Un an plus tôt, Alain Rastoin et son ami Marc Moisnard, après avoir remonté à la perche la rivière Moisie jusqu'à Shefferville, avaient essayé d'atteindre Kangigsukaulujuak par le même chemin. Ils n'y étaient jamais parvenus. Pourtant ils avaient déjà passé plus de cent rapides avec leur frêle embarcation ! Ils n'étaient plus qu'à trois jours du but quand tout avait basculé : le canot, soulevé par une vague, s'était renversé. Alain et Marc s'étaient retrouvés dans l'eau glaciale, celle qui n'accorde que quelques minutes de grâce.

Ils avaient fait une erreur, fatale pour Marc : ils s'étaient accrochés au canot au lieu de regagner la rive au plus vite et d'y allumer un feu.

Marc était mort comme ces Indiens qui passent leur vie sur l'eau et ne savent même pas nager ! Lui savait bien nager. Mais, dans de telles circonstances, un mauvais réflexe ne pardonne pas.

Alain avait réussi à rejoindre le bord dans un état semi-conscient. Il avait regagné à pied, seul, courageusement mais dans un état physique lamentable, le petit village esquimau de la base d'Ungava. Nous l'avions rencontré à son retour. Sur notre canot, nous pensions à lui, à son histoire tragique.

Nous avions alors l'insouciance de notre âge. À l'évidence, nous n'étions pas à la hauteur de ces rapides qui se succédaient sans guère nous accorder de répit. La rivière creusait dans la montagne des escaliers qu'elle sautait avec un mélange de violence et de gaieté. Une irrésistible et rageuse envie d'atteindre la mer, mais aussi le besoin de bondir, de jouer, de sauter et d'enrouler de ses tentacules bouillonnants d'écume les obstacles.

Lorsque nous craignions de ne pouvoir mémoriser l'intégralité du parcours, nous posions, à l'aide de cailloux ou de branches, des marques sur les berges.

— Le premier repère à droite, le second, souviens-toi bien, c'est au milieu des deux gros cailloux pour aller aussitôt chercher jusqu'au troisième repère, disait Benoît.

Deux, trois fois, nous répétions ainsi le parcours. Puis un premier canot s'élançait. C'était à la fois excitant et terriblement angoissant, parce qu'une fois lancé il n'y avait plus d'alternative : il fallait aller jusqu'au bout de ce bras de fer avec la rivière, toujours prête à nous faire payer notre insouciance.

Nous visions les rochers à éviter pour engager, quelques mètres plus loin, la pointe du canot et gagner au plus vite la zone de calme en évitant les vagues qui se formaient de chaque côté et ne manqueraient pas de nous retourner. Certaines atteignaient un mètre cinquante. Il fallait bien calculer le moment où nous pivotions le canot pour aller frôler le rocher. Une demi-seconde de retard pouvait être fatale.

Nous arrivions sur les obstacles à une vitesse vertigineuse. À la fulgurance du rapide s'ajoutait la poussée que nous étions obligés de donner au canot pour le rendre maniable.

Dès que nous avions franchi un obstacle, rocher, remous, zone de hauts fonds, vagues, l'homme de l'arrière se levait pour corriger la trajectoire et négocier le passage suivant. Il informait son coéquipier de ses décisions afin que celui-ci rame en fonction de la direction choisie. Parfois, malgré l'étude effectuée du bord, un obstacle s'avérait infranchissable. Alors il fallait réagir très vite. Le rameur à l'avant n'avait, bien entendu, pas le temps de contredire les décisions du barreur ni même de les discuter. Benoît n'aimait pas ça !

Dès la seconde semaine, la pluie s'était mise de la partie, ajoutant un peu de tristesse à notre découragement qui augmentait au fur et à mesure que diminuaient nos maigres provisions. C'était une mauvaise passe.

Pourtant les trois premières semaines n'avaient été qu'émerveillement. Nous avions traversé une succession de lacs, reliés les uns aux autres par des sentiers de portage. Nous pêchions des quantités de poissons, des brochets et des truites énormes. Le soir, le soleil se couchait, allumant mille reflets flamboyants sur les eaux argentées du lac. Nous le contemplions, pressés autour du feu.

Des myriades de moustiques et de moucherons nous importunaient. Mais en réalité ils n'y parvenaient jamais vraiment. Notre bonheur de réaliser notre rêve de toujours était tellement intense que rien ne pouvait nous atteindre. La nuit, nous écoutions le concert des huards qui hurlaient comme des enfants blessés dans le silence de la taïga.

C'est à la fin de la seconde semaine que les choses se corsèrent.

Nous étions en plein milieu d'un lac lorsqu'un orage éclata brusquement. Nous n'avions pas eu le temps de rejoindre la rive lorsque le vent s'était levé ; des vagues inquiétantes se formaient sur les eaux blanches alors que les coups de tonnerre se rapprochaient comme une armée qui nous aurait pris pour cible.

— Vite, vite, à la rive ! hurlait Benoît.

Nous ramions de toutes nos forces, poursuivis par les gigantesques éclairs qui traversaient le ciel. Tout à coup, la foudre frappa l'eau dans la centaine de mètres qui séparait les deux canots. Ce coup de canon tiré sur nous à bout portant nous laissa un moment abasourdis.

Cyrille et Albéric, nos compagnons d'aventure, nous crurent foudroyés. Comment aurions-nous pu réchapper à ce trait de lumière que venait de tirer l'éclair entre le ciel et nous ?

Cependant nous ramions avec une vigueur que seule la peur incontrôlée peut donner. Nos pagaies de bois arrachaient littéralement des paquets d'eau que nous rejetions vigoureusement en arrière. Le canot avançait par bonds et nous baissions la tête, le dos parcouru de frissons, serrant les dents pour dominer notre frayeur. Nous étions la cible d'armes redoutables qui pouvaient frapper n'importe quand, n'importe où, nous griller vifs et nous désintégrer sans nous laisser le temps de crier un dernier mot.

Notre arrivée sur les rives sans incident tenait du miracle... Après avoir tiré les canots sur l'herbe, nous avons filé pour nous mettre à l'abri sous quelques mélèzes rabougris.

— On a eu chaud, dit simplement Benoît qui éclata de rire en évoquant la façon dont on avait pagayé. Je suis sûr qu'on battait un record du monde sur cent mètres, poursuivit-il, ravi de sa performance.

Nous avions atterri dans un véritable marécage recouvert d'une espèce de mousse spongieuse qui s'enfonçait doucement dans l'eau en recouvrant la vase.

— De toute façon, fit justement remarquer Cyrille, il tombe plus d'eau du ciel qu'il n'y en a au sol.

Je trouvai quand même un tronc d'arbre mort et allumai un feu avec quelques copeaux secs prélevés au cœur de l'arbre.

Le tonnerre avait fini par s'éloigner. La pluie tombait, régulière et monotone, sur un paysage d'une infinie tristesse. Nous passâmes la nuit autour du feu, jouissant plus que jamais de la vie que la foudre avait voulu nous ôter.

Quelques jours plus tard, nous accédions aux rapides de la rivière de Pas. Nos provisions étaient épuisées aux deux tiers. Or nous n'avions parcouru que le tiers du chemin !

Chaque soir, il fallait s'arrêter plus tôt pour pêcher et chasser. En diminuant le nombre de kilomètres, nous augmentions la distance nous séparant d'un éventuel camp de chasse où nous aurions pu nous approvisionner. On nous en avait indiqué quatre sur la fin du parcours.

Depuis un mois, nous n'avions pas rencontré âme qui vive... Malgré l'obstination de Benoît à la pêche et la mienne à la chasse, nous ne ramenions qu'un maigre butin : quelques petites truites de rivière, parfois un jeune canard ou une gélinotte. Un simple apéritif pour les quatre compères affamés que nous étions.

Le sac à provisions s'allégeait. Les rires des premières semaines se raréfiaient. Avec nos visages, marqués par la fatigue et par le manque de nourriture, nous finissions par ressembler à ces explorateurs du Nouveau Monde immortalisés sur les gravures anciennes.

Albéric et Cyrille étaient les plus marqués. Ils manquaient d'expérience. Le voyage tournait mal et ils auraient donné cher pour être chez eux, confortablement installés au sec, sans ces milliers de moustiques, devant une énorme assiette de choucroute garnie de belles saucisses odorantes.

Nous approchions de la rivière Georges, dans laquelle se jette, après deux cents kilomètres de rapides, la rivière de Pas, lorsque l'accident se produisit. Benoît et Albéric en tête slalomaient dans un rapide assez facile que nous n'avions pas jugé utile de reconnaître. Pourtant, sur la fin, alors que la rivière se rétrécissait entre deux montagnes, la vitesse du courant prit Benoît de court.

Il venait de dépasser un gros bloc évité par la gauche et décida, alors qu'à l'évidence il n'en avait pas le temps, de contourner le second, encore à gauche, pour prendre l'intérieur du virage, généralement plus calme. Lorsqu'il comprit son erreur, il était déjà trop tard. Il arrivait en plein travers : l'avant du canot avait certes dépassé le rocher, mais l'arrière se trouvait encore dessus. Si bien qu'il eut beau redresser, le canot vint s'écraser contre l'obstacle. Il se plia comme un vulgaire fétu de paille et s'enroula autour du rocher.

Heureusement, Benoît et Albéric avaient été éjectés du canot, évitant ainsi de se rompre les jambes ou d'être coincés sous l'eau dans la carcasse. Le rapide les entraînait, mais ils réussirent à contourner les rochers et parvinrent au bord sains et saufs.

Cyrille et moi réussîmes à nous garer sur la rive, et je plongeai aussitôt pour tenter de récupérer le matériel, sacs de couchage, tente, nourriture et armes qui dansaient dans le courant.

Arrimé aux parties les plus solides du canot, je récupérai l'essentiel sauf le peu de nourriture qui nous restait. Le sac avait crevé dans l'accident.

Sur la berge, nous nous sommes pressés autour d'un feu. Nous étions encore plus démoralisés que la veille, un peu plus ridicules encore… Et bien entendu, ce soir-là, Benoît et moi fîmes une bredouille magistrale. Pas une truite, pas un lièvre, pas une perdrix.

Il fallut entrer dans nos sacs de couchage humides, le ventre vide.

Le matin, il pleuvait tristement, et le thé, notre seule denrée après l'hécatombe, avait un goût amer. Nous rêvions tout haut de pain, de beurre et de confiture. Mais nous n'avions plus qu'une demi-tasse de riz à nous partager ce soir.

L'ultime canot chargé, nous nous y installâmes tous les quatre tant bien que mal. La ligne de flottaison frôlait les bords et nous embarquions de l'eau à la moindre vague. Un véritable radeau de la *Méduse* ! Qu'il était beau notre rêve, brisé, volé, violé ! Pourtant Benoît et moi trouvions encore le moyen de rire de cette Berezina. Sans doute en rajoutions-nous un peu pour nous tromper nous-mêmes, et l'humour créait entre nous une sorte d'émulation. C'était à celui qui se montrerait le plus fort, qui tiendrait le plus longtemps dans l'épreuve. Nous voulions ressembler à nos héros : Sir Schakelton et les autres.

Lorsque nous arrivions à un rapide, Cyrille et Albéric le suivaient de la berge, alors que Benoît et moi, plus expérimentés, le descendions en canot. Jamais nous ne prîmes autant de risques, comme si, de toute façon, nous n'avions plus rien à perdre. Le risque devenait jeu. Chacun poussait l'autre à réaliser les plus grandes folies. Plus d'une fois nous prîmes des rapides que la raison eût voulu que nous cordelâmes. À chaque arrivée nous éclations d'une joie triomphale, exorcisant la peur qui nous avait vrillé l'estomac durant la descente. À vrai dire, cette hâte s'expliquait : nous étions pressés d'atteindre la rivière Georges, de trouver enfin un peu de nourriture dans un camp inoccupé, la saison de chasse ne débutant qu'un mois plus tard.

Nous n'avions trouvé à nous mettre sous la dent que deux jeunes canards abattus dans un calme de la rivière. Surtout des os, presque pas de viande. Le moral revint quelque peu à l'approche de la rivière Georges. Nous venions de l'apercevoir au détour d'une montagne après un ultime rapide qui avait rempli de deux cents litres d'eau notre canot.

— Il y aura peut-être de la farine, disait Albéric, on fera des pains.

— Il y aura sûrement de la garniture à tarte, surenchérissait Benoît. On en trouve toujours dans les camps de chasse, on fera des gâteaux.

Mais, au confluent des deux rivières, il n'y avait rien. Rien que de lourds nuages déversant des trombes d'eau sur les montagnes dénudées, sinistres. Pas de camp de chasse, pas même une cabane, rien.

— Ils ont dû fermer, dit simplement Benoît.

Cyrille et Albéric ne prirent pas la peine de répondre. La tente fut montée à l'abri du vent et nous allumâmes un feu pour faire bouillir un thé.

Avant de se coucher, Cyrille dit quand même avec amertume :

— Quand on pense qu'avec les huit mille francs que m'a coûté ce voyage j'aurais pu aller me faire dorer sur la Côte d'Azur, quelle merde !

Le lendemain matin, nous reprîmes la rivière sous la pluie, sans un mot, pour économiser nos maigres forces. Quinze minutes plus tard, j'aperçus, entre deux montagnes, à deux kilomètres à l'ouest de notre camp fantomatique, le véritable camp de chasse. La joie explosa. On se tapait dans le dos, on blaguait tout en ramant vigoureusement, toutes forces retrouvées.

Il y avait de la farine, des soupes déshydratées, des pâtes, du riz et même des pots de garniture à tarte comme l'avait prédit Benoît ! Nous préparâmes dix fois plus de nourriture que nous ne pouvions en absorber. Incroyable à quel point on se rassasie vite. Sans la sensation de faim qui nous avait occupés corps et âme des jours durant, nous nous retrouvions un peu bêtes, comme en manque de quelque chose.

— C'était bien la peine d'avoir si faim, dit Albéric, déçu.

Et puis, nous repartîmes sur le fleuve. Il s'était élargi, devenant un véritable lac d'une centaine de kilomètres de long. Le *lac de la hutte sauvage* marque la limite extrême nord du territoire des Indiens montagnais. Au-delà, la toundra arctique remplace la forêt. C'est le territoire des Inuits.

L'homme devient humble dans la toundra. Il se sent plus petit, encore plus seul, écrasé par l'immensité vide dans laquelle le regard n'accroche rien. Mais, au bord de la rivière que nous descendions, il y avait encore d'imposantes montagnes aux versants constellés de rochers et de lichens.

Nous entendions les loups se répondre dans les lueurs mauves des aurores boréales. Les saumons avaient commencé leur lente et inexorable remontée vers les sources de la rivière. Benoît avait pris deux de ces poissons argentés à la chair épaisse et rose. Et tous les jours nous grillions quelques-unes des perdrix blanches qui rappelaient dans les montagnes. Leur chair aiguisait notre appétit, en attendant les caribous dont nous allions bientôt croiser la route.

Un mois et demi après avoir quitté Shefferville et dix jours après l'accident, nous rencontrâmes enfin des hommes.

Un groupe de scientifiques était venu étudier les caribous. Ils se proposèrent de ramener Cyrille et Albéric en hydravion à Schefferville. Continuer avec un seul canot dans les rapides de la Georges, réputés encore plus dangereux que ceux de la Pas, aurait été folie.

Le retard accumulé nous empêcha d'atteindre la mer. Mais Benoît et moi profitâmes avec appétit de ce Grand Nord qui nous avait si rudement accueillis. Devant notre tente, les hardes de caribous traversaient la rivière. Nous écoutions le concert des loups en pêchant les saumons et passions de longues heures dans la toundra à billebauder dans les montagnes. Nous allions d'une cime à l'autre, en chassant perdrix et lièvres arctiques, régal de nos dîners.

Septembre arriva. Il fallut se résigner au retour. Schefferville d'abord, Montréal ensuite. Nous laissâmes les canots dans un camp de chasse et regagnâmes la civilisation en hydravion. En survolant l'immensité, la toundra, les lacs et les montagnes, je regardais avec une profonde tristesse le Grand Nord dont j'allais longtemps rester éloigné. Dans la toundra, quelques signes annonçaient un hiver précoce.

J'étais nostalgique, déjà.

Je n'imaginais alors pas un seul instant que, quelques mois plus tard, je reviendrais à Schefferville avec vingt chiens de traîneau pour traverser au cœur de l'hiver cette immensité sauvage qui m'avait si profondément conquis.

12

L'amoureux du Grand Nord qui n'a pas connu l'hiver est comme le passionné d'aigles qui n'en a jamais vu voler un seul. Un aigle posé sur le sol ressemble au Grand Nord l'été. C'est beau, mais il manque l'essentiel.

En quittant le Labrador aux portes de l'hiver, je partais frustré. Une certaine tristesse s'était enfouie en moi. J'avais laissé une partie de moi-même dans la taïga.

Mais j'eus un «coup de pot».

Alain Rastoin et deux coureurs des bois québécois préparaient la traversée de la péninsule du Québec-Labrador. Ils n'avaient pas encore choisi de comparse. Beaucoup se proposaient, séduits par l'aventure.

Sans doute Alain fut-il conquis par mon enthousiasme et cette passion qui m'allumait des flammes dans les yeux lorsque je lui parlais de ce Nord où j'avais si fort ressenti l'appel de l'hiver. J'étais jeune, trop jeune. Pourtant, Alain me choisit.

Je quittai la faculté en promettant à mes parents d'y retourner l'année suivante. Cet hiver du Labrador, l'un des plus hostiles du monde, j'allais pouvoir à loisir m'en pénétrer, le vivre, le découvrir, l'apprendre. La leçon serait magnifique, et l'amoureux, encore insatisfait, comblé.

Comment exprimer par des mots l'attirance que l'on éprouve pour ces terres, pourtant d'apparence si misérable? Jacques Cartier, en partant à la découverte du

Canada du sud, n'avait vu, dans la côte du Labrador qu'il longeait pour la première fois, qu'une « terre de pierres et de rocs, effrayante, misérable et laide » : « Sur toute la côte, je n'ai pas trouvé une seule charrette de terre, bien que j'aie débarqué en bien des lieux. J'imagine que voilà la dernière terre donnée à Caïn en partage », notait-il en 1534.

Grâce à cette mauvaise publicité, pendant des siècles le cœur du Labrador demeura enveloppé de mystère. Même l'intrépide James Cook refusa de descendre à terre tant il trouva le lieu peu hospitalier. Il se contenta de dresser la carte des mers du Labrador en 1765. Pendant ce temps-là, le reste des Amériques s'ouvrait au monde.

Mais les explorateurs continuaient d'achopper sur le Labrador. Le lieutenant Roger Curtis et Henry Youle Hind notèrent, en 1850, dans leur ouvrage : « Les mots manquent pour décrire l'affligeante désolation du haut plateau du Labrador ! »

Si bien qu'à la fin du dix-neuvième siècle, alors que la plupart des sommets himalayens avaient cédé aux assauts des alpinistes, que Robert Scott avait atteint le pôle Sud et que l'on avait pénétré les endroits les plus reculés de l'Afrique et de l'Amazonie, le Labrador restait inexploré. Seuls quelques Indiens itinérants naskapi et montagnais et un petit nombre d'Esquimaux vivaient sur ces terres désolées, en suivant des parcours dont ils ne s'écartaient que très rarement.

C'est alors qu'un intrépide New-Yorkais de trente ans, Leonidas Hubbard, voulut dresser la carte de cette zone. Je lus son récit tandis que nous préparions notre expédition hivernale, dans le sud du Québec.

Comment ne pas évoquer le courage de ces hommes qui marquèrent l'histoire de ce pays ? Comment ne pas regretter aussi ce temps béni de l'aventure où les cartes n'existaient pas, où la découverte était à chaque pas, derrière chaque montagne et au détour de chaque rivière ?

Quelle belle leçon d'humilité nous donnent les récits de ces exploits authentiques. Qu'ont-ils à voir avec les prétendues performances modernes réalisées avec cartes, balises de détresse et tout un matériel sophistiqué ? Merci, Hubbard, pour ton récit : il nous remet tous à notre place et ridiculise ceux qui parlent de nous avec des mots inutiles.

Leonidas Hubbard raconte comment il est parti en juin 1904 avec Dillon Wallace, un avocat audacieux, et Georges Elson, un chasseur qui connaissait bien la forêt mais ignorait tout du Labrador.

Le trajet que se proposait d'effectuer Hubbard était aussi imprécis que les cartes sur lesquelles il l'avait tracé. Ils avaient l'intention de remonter la rivière Naskapi, puis la North West River pour atteindre le lac Michikamav, situé près de l'actuel village de Shefferville. Ce lac n'existe plus, noyé avec le reste dans les réservoirs de Smallwood.

Les trois explorateurs se préparaient donc à traverser ce qui était alors le plus grand lac du Labrador. Ils voulaient atteindre la rivière de Pas. Hubbard espérait rencontrer des Indiens naskapi et les accompagner, à l'automne, à la chasse aux caribous.

Hubbard hésitait entre trois parcours : descendre la rivière de Pas puis la rivière Georges jusqu'à la baie d'Ungava ; acheter des chiens pour rejoindre en traîneau le Saint-Laurent, après avoir traversé le plateau ; ou encore rejoindre la côte Est par d'autres fleuves inconnus.

Un projet qui, dès le début, était plein d'incertitudes, et qui, de surcroît, avait été élaboré sur la base de cartes inexactes.

Il leur fallut un mois pour arriver en bateau au poste de la North West River établi au fond de la baie de Melville. Les trappeurs locaux, dont Hubbard espérait obtenir, sinon l'aide, du moins un accompagnateur, ne partagèrent pas leur enthousiasme. Ils leur dirent que c'était impossible, qu'eux-mêmes n'avaient jamais pu dépasser le tiers du parcours. Leurs tentatives pour les décourager échouèrent.

Lorsque Hubbard quitta le poste le 15 juillet 1903, il ne se trouvait pas un homme pour parier, à la cote incroyable de un contre cent, qu'on les reverrait un jour !...

Ils s'enfoncèrent dans le pays avec un équipement et des provisions insuffisants. Mais ils savaient qu'ils devraient effectuer de nombreux portages. Mieux valait voyager léger et compter sur la chasse et la pêche.

L'expédition débuta mal. Dès le premier jour, ils manquèrent la rivière Naskapi et s'engagèrent sur la Susan River. Aussitôt l'équipée prit un tour cauchemardesque. Ils n'avaient pas pagayé sur une centaine de mètres que le courant devint tellement violent qu'ils durent sauter dans l'eau pour pousser le canot. Ils essayèrent d'avancer à la perche mais raclèrent le fond. L'eau était excessivement basse cette année-là. Finalement, ils durent même porter les canots sur leur dos et transporter à pied sur la berge leurs sacs de nourriture.

Ils marchèrent ainsi des jours et des jours dans les broussailles, les marais bourbeux et les collines. Ils auraient dû se rendre compte qu'ils s'étaient trompés de rivière puisqu'un trappeur leur avait dit qu'ils n'auraient aucun mal à remonter la rivière Naskapi sur une trentaine de kilomètres.

Mais Hubbard s'obstina et ils continuèrent sur la Susan. Ils prirent du retard, et les provisions, dans lesquelles ils puisaient abondamment pour s'alléger et prendre des forces, diminuaient tragiquement.

On était en plein mois d'août. L'été, avec des températures dépassant les 30 °C à l'ombre, frappait aussi durement que l'hiver. Les moucherons les attaquaient et il ne leur resta bientôt plus un seul morceau de peau intact. Quand la canicule s'apaisait, c'étaient alors des pluies diluviennes qui leur rendaient les portages épuisants. Ils glissaient et s'enfonçaient dans le sol spongieux.

Wallace tomba malade. Son visage, victime des centaines de piqûres de moustiques et de taons, avait beaucoup enflé. Au point qu'il ne voyait presque plus devant lui. Puis Hubbard tomba lui aussi malade. Il fut pris de diarrhées épouvantables.

Pourtant, ils continuèrent. Mais les graves erreurs qu'ils commirent devaient, plus tard, leur coûter cher. Ils se délestèrent d'une grande partie de leurs vivres et même de leurs manteaux tant il faisait chaud, sans penser aux rigueurs de l'hiver qui approchait.

On s'étonne en lisant ces notes – Hubbard tint soigneusement son livre de bord – de l'optimisme avec lequel ils continuaient d'avancer : « Demain, portage de 3 kilomètres d'un cœur léger, écrivait Hubbard. Nous sommes 5 kilomètres au sud de l'endroit où nous place la carte. Je pense que la Naskapi qui traverse Seal Lake sort aussi de Michikamav. Cette carte est donc fausse, super épatant si ça marche. »

Hubbard n'en démordait pas : c'était la carte qui était fausse et ils étaient sur la bonne voie. En fait, le lendemain, ils traversèrent trois kilomètres de marécages et durent escalader une colline abrupte. La rivière diminuait tant qu'ils portageaient sans cesse.

En quinze jours, ils n'avaient parcouru que cent cinquante kilomètres. La rivière était devenue un maigre ruisselet. C'est à l'aveuglette qu'ils partirent vers le nord-est en quête de la North West River. Ils commençaient à avoir faim mais ne réussissaient pas à pêcher suffisamment de truites pour s'alimenter.
Quant à la chasse, ils n'avaient rencontré qu'un seul caribou au cours d'un portage. C'est qu'ils avaient laissé le fusil dans le canot. Comme ils n'avaient emporté qu'une carabine, ils devaient se contenter de jeter des regards avides sur les canards qu'ils ne pouvaient atteindre en vol sans fusil de chasse. Hubbard, dont les mocassins étaient déchirés, avait les ongles arrachés et le talon ouvert en son milieu. Il pansait ses blessures avec du chatterton car ils avaient oublié d'emporter avec eux une trousse de secours !
Enfin, ils atteignirent une rivière qui permettait la navigation. Mais ils durent déchanter : les rapides nécessitaient de longs et fastidieux portages. Heureusement, ils pêchèrent des truites et tuèrent même un caribou. Il était temps !
— «Le plus beau jour de l'expédition !» s'exclama Hubbard.

Le 23 août, ils arrivèrent à un vaste lac qu'ils baptisèrent *« le lac de l'espérance »*, parce qu'ils espéraient qu'il communiquait avec le grand lac Michikamav. Mais le lac s'arrêtait comme il avait commencé : dans les montagnes.
En escaladant un col, ils aperçurent, ravis, un vaste plan d'eau. Mais, après trois jours d'exploration des

berges, ils se rendirent à l'évidence : ce n'était pas le lac qu'ils cherchaient. C'en était un autre, plus petit, qu'ils baptisèrent ironiquement *« le lac de la piste perdue »*.

Ils s'engagèrent alors dans la forêt et aboutirent, trois jours plus tard, à un autre lac. Toujours pas le bon. Ils le baptisèrent *« le lac de la déception »*. Mais ne s'avouèrent pas vaincus pour autant. Malgré le froid qui faisait son apparition, ils continuèrent à marcher dans les marais en portant leur canot qui n'avait pourtant pas beaucoup servi. Ils étaient dans un état lamentable, amaigris, le corps dévoré par les moustiques, les pieds en lambeaux ; ils marchaient, fouettés par les pluies glacées, s'embourbant dans les marais sans fin, portés par un courage incroyable.

Treize jours passèrent encore avant qu'ils n'aperçoivent enfin au loin, du haut d'une montagne, le lac tant convoité. C'était le 9 septembre. Le lac n'était plus qu'à quinze kilomètres. Mais ils ne l'atteignirent jamais.

Le soir même, il se mit à neiger, puis la température chuta en dessous de zéro et une tempête les bloqua sous la tente. Impossible de chasser ou de pêcher. L'hiver arrivait. Leur état de faiblesse était terrifiant. Se rendant compte qu'ils ne parviendraient jamais à rejoindre les Indiens, d'autant plus qu'ils ne savaient pas exactement où ils se trouvaient autour du lac, ils décidèrent de revenir sur leurs pas.

Pour toute nourriture, il leur restait quelques sacs de farine moisie. Leurs chaussures étaient transpercées de toutes parts. Mais ils se mirent pourtant en route et atteignirent, presque en rampant, la rivière Beaver.

Prenant des risques insensés, ils franchirent des rapides qu'ils n'auraient jamais tenté de passer en temps normal. Hubbard commençait à flancher et à perdre la tête. Wallace vomissait sans cesse. Ils avaient maigri de plus de vingt-cinq kilos ! Comme les poissons chassés vers le fond de la rivière par l'hiver refusaient de mordre et qu'aucun caribou ne se montra, ils se mirent à manger des lanières de cuir.

Le 17 octobre, Hubbard tomba d'épuisement. Comme il ne pouvait plus se relever, ses deux amis le couchèrent dans la tente. Il fut décidé qu'Elson irait seul chercher du secours. Pendant ce temps Wallace essaierait de chasser et resterait auprès d'Hubbard.

Quand ils se séparèrent, le blizzard se leva par − 15 °C. Ils n'avaient pour tout vêtement que des chemises et un chandail de laine en lambeaux. La marche maintenait Elson en vie. Wallace, qui l'avait accompagné pendant une journée en chassant, ne retrouvait plus la tente recouverte de neige dans laquelle se mourait Hubbard !

Il errait dans la taïga.

Elson marcha cinq jours. Il brava tous les blizzards, escalada les collines, traversa des marais et, brisant la glace fine qui s'était formée, passa des rivières à gué, faillit se noyer dix fois dans leurs eaux froides. Mais il tint bon et atteignit enfin le poste de la compagnie. Il pesait quatre-vingt-quatre kilos au départ de l'expédition. À la fin, il n'en pesait plus que quarante-cinq !

Le lendemain, trois hommes partirent avec des chiens de traîneau et retrouvèrent Wallace en piteux état. Les pieds gelés et gangrenés, il cherchait toujours la tente. Ce qui l'avait maintenu en vie.

En revanche, Hubbard était mort.

Deux ans plus tard, Mme Mina Hubbard, la femme du défunt, exploratrice passionnée, réussit là où son mari avait échoué. Elle ne se trompa pas de rivière et ne fit pas d'erreur : Elson et l'un des trappeurs qui avaient secouru Wallace et retrouvé le corps d'Hubbard l'accompagnaient.

Dans les récits détaillés de ces deux expéditions, on retrouve la même obstination, le même courage et… la même fascination pour «ces terres d'une autre beauté qui ne se révèle qu'à ceux qui veulent bien en prendre la peine».

Durant toute notre expédition, je gardais ces histoires en moi. Connaître les premières explorations du Labrador rend plus simple, plus humble. Il y eut encore bien d'autres exploits héroïques dans le Grand Nord. Il n'y en aura sans doute plus de comparables à ceux qu'accomplirent nos prédécesseurs.

Les temps ont changé. Mais n'oublions pas… Surtout, n'oublions pas.

13

Nous marchions déjà depuis trois semaines. Rien ne troublait la monotonie du voyage. Le néophyte que j'étais y décelait toutefois une certaine grandeur. J'avais 19 ans et j'essayais de faire de mon mieux, conscient de ma jeunesse face à ces trois vieux baroudeurs du Nord qui avaient le double de mon âge.

Alain Rastoin avait su m'imposer aux deux coureurs des bois québécois, tout d'abord sceptiques sur mes capacités. Il avait monté l'expédition et nous proposait de traverser les territoires correspondant aux quatre aspects du Grand Nord : la taïga, la toundra, la banquise et enfin la montagne. Soit quinze cents kilomètres à travers un espace grand comme la France. L'intérieur est totalement inhabité l'hiver. Seules les côtes tout à fait au nord sont peuplées par quelques Inuits. Nous les rencontrerons d'ailleurs un peu plus tard au bord de la banquise.

Ces trois semaines, douloureuses physiquement, furent récompensées par l'allégresse qui m'habitait tandis que, jour après jour, nous nous enfoncions en raquettes et avec les chiens. Je parcourais à nouveau le territoire fascinant que j'avais traversé l'été précédent avec Benoît en canot.

Chaque lac, chaque montagne, chaque rapide dissimulé par les glaces et les neiges, je les reconnaissais.

Je me baignais enfin dans cet hiver qui avait nourri tant de rêves.

J'étais véritablement pris par la magie du Nord et du froid et plus particulièrement par le souffle du blizzard et le crissement des raquettes se mêlant aux halètements des chiens dans le grand silence. Courbé par le travail des raquettes tassant la neige molle pour faciliter la tâche des chiens, mon corps se balançait de droite à gauche. Et mon regard émerveillé allait d'une rive à l'autre, d'une montagne à l'autre, étudiant chaque piste, chaque trace, chaque mouvement.

Mais la taïga ne disait mot. Elle s'offrait immobile, vide. Seules quelques traces trahissaient la rare présence d'animaux ; des perdrix des neiges, un seul lièvre en trois semaines, et pas un loup, pas un caribou, rien. La taïga était vide ; l'hiver immobile, silencieux et mort, semblait l'habiter tout entière, excluant toute vie.

Pas un souffle de vent depuis le départ de Schefferville, ni un nuage. Le froid, rien que le froid. Et nous marchions. Travail éreintant que celui de la raquette lorsqu'il faut aligner des milliers de pas les uns derrière les autres, tout en supportant le poids de l'instrument, véritable bourreau dans la neige épaisse. Du matin au soir, une-deux, une-deux, sans broncher, en se donnant à fond, en serrant les poings pour ne pas laisser échapper une plainte. Une marche lente, sans surprise, stimulée seulement de loin en loin par un virage sur la rivière, une ondulation, une trace. Nous étions à l'affût du moindre signe dans le blanc.

Pour tuer le temps, pour oublier la douleur, chacun sa méthode. L'un compte ses pas jusqu'à cent puis repart à zéro. L'autre occulte la réalité, ravive des souvenirs. Mais la douleur et la fatigue ramènent toujours les galériens à leur supplice : « le mal des raquettes », cette pince qui vous tord les tendons, derrière les mollets.

Le Grand Nord se mérite.

Sur la rivière de Pas qui nous emmenait vers le nord, nous avions gagné chaque kilomètre à la force des jambes. Pas de cadeau jusqu'à la troisième semaine. Mais, quand il se présenta, le cadeau fut à la hauteur de notre attente, à la dimension du Grand Nord, du froid et des paysages infinis. En un mot, il fut immense.

Nous marchions depuis sept heures, nous relayant en tête. Les chiens brassaient dans la poudreuse jusqu'à la gueule, bien qu'elle fût tassée à l'aide de ces maudites raquettes. Ils haletaient comme des locomotives, les braves ! Donnant le meilleur d'eux-mêmes sous la pression des encouragements :

— Allez ! allez ! C'est bien, les chiens, allez !

Les hommes à l'arrière, eux aussi chaussés de raquettes pour éviter d'enfoncer jusqu'au cou dans cette mer de neige, poussaient, tiraient, ahanaient, s'efforçaient de maintenir le traîneau sur la piste tracée par les hommes de tête.

Tout le monde tirait la langue, hommes et chiens. Nous n'avancions que de vingt kilomètres par jour, accumulant quotidiennement un retard de cinq kilomètres.

— Ce soir, il faut arriver là, avait prévenu Jacques en montrant sur la carte un élargissement de la rivière provoqué par l'arrivée d'un affluent.

Alors nous marchions, la tête vide, d'un pas résigné, tirés en avant par une sorte d'émulation générale, vers un but qui semblait reculer sans cesse, tandis que le soleil terminait sa course en frôlant les montagnes.

À cette heure du jour, la neige prenait des teintes irréelles, roses et mauves, les ombres s'allongeaient démesurément comme de grands coups de pinceau parallèles sur la neige molle, toujours aussi molle...

Michel et moi venions de relayer Jacques et Alain en tête. Provoquée par la condensation, une carapace de givre nous enveloppait des pieds à la tête. Nous avions l'air de vrais Pères Noël !

— Attention de ne pas geler, vos vêtements sont humides, dit simplement Michel.

Nous n'échangeâmes pas d'autre parole. À quoi bon ! Que dire quand on vit la même chose, quand on voit les mêmes choses. Nous partagions la blancheur et l'immensité.

Enfin, au loin, entre deux montagnes, s'ouvrit un passage au fond duquel nous devinions la rivière.

— C'est là, dit Michel satisfait.

Pour une fois, le pas s'accéléra, faisant fi des douleurs. C'était bientôt fini. Dans un kilomètre, il ne resterait plus qu'à monter le campement, couper le bois, nourrir les chiens et... manger. Pourtant, je m'arrêtai pour écouter. Une rumeur s'élevait, comme si elle sourdait des montagnes. Michel s'arrêta aussi, tendit l'oreille et planta ses yeux dans les miens.

— C'est quoi ?

Des lagopèdes, j'en étais sûr. Mais combien en fallait-il pour provoquer un tel tintamarre ? On aurait dit une foule au loin, car nous étions encore à un kilomètre des îles d'où provenait cette extraordinaire musique, s'élevant comme par magie dans le grand silence blanc.

De la vie, enfin.

J'aurais été capable de courir, de danser dans la neige molle. Je crois que j'aurais crié de joie si j'avais été seul.

— Ohé, les lagopèdes, salut, nous voilà !

Nous n'étions plus seuls ! Il y avait tout de même un peu de vie dans ce Nord, dans ce froid.

Je pris la tête de notre caravane des neiges et avançai vers les îles. J'en voulais à mes raquettes crissantes dans la neige de couvrir la musique des oiseaux blancs. J'en voulais à Michel de marcher sans me laisser écouter, de parler alors que plus rien ne devait troubler l'émotion grandissante qui m'envahissait jusqu'au plus profond.

Nous arrivâmes à une centaine de mètres des premières îles. La rumeur s'élevait, ondulait, occupait tout l'espace. Nous n'existions plus. Tout à coup, brutalement, elle cessa. Je n'entendais plus que mon cœur battant des ailes dans mon corps devenu perdrix des neiges.

Puis un autre bruit prit le relais. Des centaines de milliers d'ailes battaient l'air. Nous restâmes sans voix. Des perdrix blanches, comme un nuage de neige, prirent leur essor. Tournoyant au-dessus de nos têtes, elles traversèrent le fleuve et planèrent au-dessus d'îles proches. D'autres lagopèdes émergèrent du nuage blanc dans un fracas d'ailes indescriptible.

La bouche ouverte, les bras ballants, les yeux écarquillés pour tenter d'englober d'un seul coup l'espace tout entier, j'assistais à ce miracle de la nature. Combien de temps dura le spectacle ? Mais le temps n'existait plus.

Les perdrix blanches volaient en tous sens, s'élevant d'une île pour se reposer sur une autre un peu plus loin. Puis elles revenaient. On aurait dit de la neige propulsée par une force mystérieuse, ou peut-être un concert dirigé par un chef d'orchestre génial.

Les lagopèdes volaient en formation tellement serrée que leurs ailes claquaient les unes contre les autres. On eût dit un même oiseau, une énorme perdrix blanche avec des milliers d'ailes fouettant l'air.

Puis, tout à coup, le spectacle cessa comme il avait commencé. La nuit tombait.

Je devais bientôt apprendre que le fabuleux spectacle avait lieu tous les soirs en hiver.

La marche vers le nord continua. Les chiens allaient bien. Je commençais à me détendre en réalisant que, contrairement à mes craintes, j'arrivais à faire mon travail, à trouver ma place dans cette équipe bien plus expérimentée que moi.

J'apprenais l'hiver, les chiens, la raquette, et commençais même à trouver un certain plaisir à ces longues marches monotones.

Traverser les blancheurs infinies en choisissant la meilleure piste me plaisait. Il fallait prendre l'extérieur des virages car la neige s'accumule en couche épaisse à l'intérieur, deviner les glaces trop fines à l'aspect de la neige qui les recouvre ou à la configuration du terrain. Notre vie et celle des chiens en dépendaient. Il fallait négocier les virages, ne pas trop serrer les angles pour que l'attelage de vingt mètres «n'accroche» pas les bords de la piste.

Durant des jours, j'avais observé Michel et Jacques, nos deux maîtres, m'étonnant de certains détours ou de certaines trajectoires. Par la suite je compris que nous avions ainsi évité un passage dangereux ou difficile. Je posais peu de questions mais observais beaucoup, et j'apprenais vite car je crois posséder le sens de la piste.

D'ailleurs, au bout de quelques semaines, même dans les passages ardus Michel me laissait faire.

Il fallait aussi connaître les chiens. S'en faire aimer et obéir. Il fallait apprendre le travail au traîneau qui consistait à toujours épouser au mieux la piste tracée par les raquetteurs : des mouvements latéraux pour corriger une trajectoire, le poids jeté d'un côté ou de l'autre pour profiter d'un mouvement de terrain rectifiant la glisse ou ramenant la proue dans la trace.

L'apprentissage était celui du froid, de la faim qui tenaille le ventre et qu'il faut maîtriser comme la fatigue, comme la colère. Le moindre détail, en équipe, prend tant d'importance ! Enfin, chaque jour j'en apprenais un peu plus. Grâce au Nord, j'acquérais un art de faire, un art de vivre. Une nouvelle forme de pensée.

On ne part pas dans le Nord à la conquête des éléments mais vers une conquête de soi-même.

Perdu dans l'immensité sans autre frontière que l'horizon, bercé par les craquements réguliers du bois, par la respiration des chiens, par les grincements du cuir d'élan des raquettes, il m'arrivait de me laisser envahir par une torpeur agréable. J'avançais des heures, entièrement absorbé par cette ambiance tellement particulière que créent les immensités blanches. Elles vous imposent de vivre en parfait équilibre, en symbiose totale, avec la plus grande humilité et dans la plus parfaite des simplicités. Comme autrefois, avec des chiens, une tente en toile et des traîneaux faits de bois et de cuir. Ne pas être spectateur mais acteur de la nature, lui appartenir tout entier, physiquement et moralement, c'est cela aussi que Jacques et Michel nous faisaient découvrir.

On nous demande aujourd'hui pourquoi nous ne traversons pas le Nord avec des engins à moteur pour gagner du temps ?

Chaque minute, chaque seconde passée dans la taïga sauvage nous apportent la réponse, nous disent comment respecter et ne pas violer la nature comme le font, à notre sens, trop de voyageurs montés sur des engins bruyants et multicolores. Sans rien voir, égoïstement.

Le soir, dans la tente, couchés sur des branches d'épinettes qui exhalent un parfum sauvage et délicieux, bercés par les craquements du bois brûlant dans le petit poêle, nous profitions de la douce tiédeur. C'est la récompense du coureur des bois dont le visage et les mains ont été brûlés par un froid de – 40 °C, un froid qui vous oblige à tourner la tête pour esquiver ses gifles glaciales.

Après six semaines dans la neige molle, nous arrivâmes en vue de la rivière Georges.
Les loups nous attendaient.
Depuis l'épisode des perdrix blanches, je passais mes journées à observer les berges de la rivière chargée d'aunaies, de forêts de mélèzes qui montaient à l'assaut des montagnes jusqu'à mi-pente. J'observais avec d'autant plus d'attention que j'étais chargé de pourvoir l'équipe en viande et prenais mon rôle très au sérieux. Cela me valait d'ailleurs l'admiration de tous car, avec un peu d'expérience doublée d'une excellente acuité visuelle, je parvenais à voir des lagopèdes là où les autres ne voyaient que du blanc. Je n'avais aucun mérite. Je suis habitué depuis mon plus jeune âge à observer la vie animale et j'ai hérité une excellente vue de mon père.
Pourtant, au début, Jacques et Michel s'étaient moqués de moi :
— C'est un mirage, il n'y a pas de perdrix.
Puis ils comprirent vite que les arrêts se soldaient en général par la récolte d'un ou deux oiseaux. Alors ils acceptaient de s'arrêter, profitant de ces pauses de quelques dizaines de minutes pour grignoter des graines, cacahuètes, amandes, noisettes, et faire reposer les chiens pendant ma chasse.
Tout le monde y trouvait son compte.
Ce matin-là, cherchant, à mon habitude, des traces fraîches sur les berges de la rivière, quelle ne fut pas ma

surprise d'entrevoir tout à coup deux ombres avançant prudemment sous les arbres !

Deux loups.

Je les montrai aussitôt à Alain qui les scruta avec attention. C'étaient les premiers loups qu'il voyait.

J'en avais tant rêvé ! J'avais vu tant de films, dévoré tant de livres sur les loups que je ne réalisai pas tout de suite que, pour moi aussi, c'était la première rencontre. J'en avais entendu hurler, j'avais vu des dizaines d'empreintes, mais jamais je n'en avais vu.

Un loup est beau en soi parce que c'est un loup, hors des mythes et des légendes qui l'auréolent... Il faut en avoir vu des douzaines pour pouvoir distinguer un loup «moche» d'un beau loup. Le loup moche qui aboie comme un roquet de salon existe aussi.

Mais nos premiers loups, léchés par le soleil du soir, coulant comme un fleuve doré sur la rivière gelée, étaient magnifiques, hiératiques.

Le couple nous observait, prudent mais curieux. Le mâle était foncé avec une tête étrangement dorée ; la femelle était grise, assez élancée avec une démarche assurément féminine, souple et distinguée.

Nos chiens ne réagirent pas. Même les loubards comme Bilbo, Albi et Troll, d'ordinaire prêts à tout.

— J'ai toujours remarqué ça, expliqua Michel qui nous avait rejoints. Au contact des loups, les chiens se taisent.

Je devais constater ce phénomène à plusieurs reprises, alors qu'aucun spécialiste ne l'avait jamais mentionné.

Les chiens avaient vu les loups, c'était évident. Ils s'étaient tous tournés dans leur direction, mais ne manifestaient rien. Ni crainte ni colère, à peine une petite gêne comme un homme qui croise une bande de voyous et se donne un air naturel.

C'eût été un chien ou un renard, la meute, solidaire, furieuse, aurait aussitôt hurlé, en tirant rageusement dans les harnais.

Comment avaient-ils su faire la différence ? Nous-mêmes aurions pu les confondre tellement leur allure était identique à celle de nos chiens. Les loups ne sont-ils pas leurs ancêtres ? À part leur queue portée bas alors que les malamutes, huskies, samoyèdes et groenlandais la portent en trompette, du moins lorsqu'ils sont en forme, quelle différence y a-t-il avec les chiens de traîneaux ?

Avec beaucoup d'expérience, on arrive à les distinguer à l'allure générale puis à des détails infimes. Les chiens font d'instinct la différence à trois cents mètres et sans jumelles ! Ils nous le prouvaient aujourd'hui.

Nous reprîmes la marche et les loups suivirent, toujours à la même distance. Le soir, ils étaient encore là, de l'autre côté de la rivière, couchés dans la neige, observant le moindre de nos faits et gestes.

Cela me ravissait. Michel et Jacques, qui tenaient à leur réputation de vieux coureurs des bois, minimisaient un peu trop l'affaire pour être vraiment naturels.

— Bah ! Ce ne sont que deux loups. On en a vu qui nous ont suivis une semaine entière. Ils s'approchaient à vingt mètres !

Toujours est-il que, ce soir-là, sous la tente, nous discutions loups.

Le lendemain matin, ils étaient toujours là, au beau milieu de la rivière, l'air de dire : « Alors, on y va ! »

De nombreuses empreintes tout autour du camp, et jusqu'à quelques mètres de notre tente, témoignaient de leur visite nocturne. Pas un chien n'avait bronché.

En revanche, ils ne se gênaient pas lorsque des renards

approchaient. Ce qui arrivait assez fréquemment peu après le coucher du soleil.

Vers neuf heures, à notre habitude, nous levâmes le camp en direction de la rivière. Les loups nous attendaient. Ils ne nous suivirent pas et nous ne les revîmes jamais.

Cependant nous croisions des quantités impressionnantes de renards rouges, noirs, blancs et argentés qui nous regardaient passer avec stupéfaction. Eux non plus n'avaient jamais vu d'hommes et encore moins vingt loups un peu bizarres tirant ensemble une drôle de chose en bois !

14

Après le premier loup, ce fut le premier blizzard dans la toundra. Un vrai, un grand, en plein désert du Labrador, là où rien n'arrête le vent. Pas un arbre. Pas une montagne. Rien sinon le roc et la glace sur des centaines de kilomètres carrés. Un paysage austère, grandiose de solitude et d'immensité. Le Nord intégral, « celui qui refuse de s'apprivoiser », disait Alain.

Un seul avantage : la surface était uniformément dure, compacte, tassée par le vent qui ne rencontrait ici aucun obstacle, et nous avancions bien sans raquettes malgré un froid extrême.

Soudain, un soir, sans prévenir, le vent, jusque-là régulier, s'anima.

Pourtant nous n'avions pas besoin de choc supplémentaire. La veille au soir, nous avions perdu dans un accident stupide une amie, Kaali, une brave petite chienne discrète, la sœur de lait de Bilbo.

Sans arbre pour attacher les chaînes des chiens, nous avions improvisé avec des piolets plantés dans la glace à coups de hache. Mais nous n'avions pas suffisamment tendu la chaîne.

Nos bagarreurs, les deux terribles Bilbo et Troll, en avaient profité pour se jeter l'un sur l'autre au moment de la distribution de nourriture. Ce mouvement brusque avait provoqué le drame : un des piolets avait cédé, et ensemble les dix chiens s'étaient retrouvés dans la meute d'en face. Quelle mêlée ! Vingt fous furieux, tous crocs dehors, les uns pour attaquer, les autres pour se défendre. Avec une férocité inouïe décuplée par l'affolement. Les chiens en profitaient tous pour régler leur contentieux : Bilbo et Troll mais aussi Pakouk et Moulouk, Simba et Bodash, et au milieu quinze pauvres chiens, comme Kaali et Kayak, qui n'en voulaient à personne mais devaient bien faire usage de leurs crocs pour sauver leur peau.

Pétrifiés d'horreur, nous restâmes cloués sur place quelques instants, hésitant sur la conduite à suivre. Séparer deux chiens nécessite déjà une bonne dose d'énergie, mais vingt, c'était fou, dément, irréel dans cette immensité blanche et calme.

Il fallait pourtant réagir vite sinon c'étaient cinq, dix chiens qui allaient rester sur le tapis !

— Attention aux crocs, attention, hurla Michel en plongeant dans la mêlée.

J'imaginais le pilote d'un avion survolant cette immensité vide durant des heures et apercevant tout à coup vingt chiens furieusement mêlés dans une gigantesque bagarre, avec quatre barbares vociférant, tapant des pieds et des mains dans le tas de fourrures, de crocs, de pattes...

Quelle folie ! On en pleurait. La bagarre faisait rage. Nous avions à peine séparé deux chiens que d'autres se ruaient l'un sur l'autre. Je hurlais, Alain hurlait, Jacques et Michel hurlaient, séparaient et détachaient les combattants. Tout était mêlé, chaînes, colliers, chiens, harnais, et le sang commençait à couler sur les fourrures des plus coriaces.

Enfin, après plusieurs minutes de combat, il ne resta que Bilbo et Tröll, les deux plus terribles.

Mais Kaali, inanimée, paralysée, la colonne vertébrale broyée par un coup de croc, gisait sur la neige.

— C'est peut-être la chaîne qui s'est entortillée, avança Jacques.

Peu importe, le lendemain elle souffrait tant qu'il fallut se résoudre à l'inévitable. Ce fut encore pire qu'une mort sur le coup. Il fallut en désigner un pour l'abattre d'un coup de fusil, puis appliquer la décision.

Cette journée-là, quelle que fût la lumière inondant la toundra, quel que fût le nombre de kilomètres effectués, resta marquée du sceau de la tristesse.

Puis, le soir, ce fut l'épreuve du blizzard.

Il arriva sans prévenir, envahissant tout l'espace. Il voulait la toundra pour lui seul et le criait rageusement en balayant la neige d'impressionnantes rafales qui ébranlaient notre misérable tente de toile. Comme nous n'avions pas d'arbres pour la fixer, nous improvisâmes. Un piolet ici, une raquette enfoncée jusqu'à mi-corps là, les deux traîneaux couchés de chaque côté, et enfin de gros blocs de neige entassés tout autour pour diminuer la surface exposée au vent.

On ne distinguait déjà plus les chiens entièrement recouverts par la neige qui tourbillonnait dans les airs, filait sur le sol et s'accrochait à chaque relief. Une congère s'était érigée à l'emplacement de chaque chien, le protégeant de la morsure du froid aiguisée par le vent. La déperdition de chaleur due au vent s'appelle le « wild chill factor ». Cela signifie que par – 30 °C, avec un vent de 30 mètres par seconde (soit environ 100 km/heure), un corps vivant subit un refroidissement correspondant à – 60 °C alors que le thermomètre indique – 30 °C. En effet, on supporte avec infiniment plus de facilité un bon

– 40 °C par temps sec et sans vent qu'un – 20 °C avec du vent.

Mais aujourd'hui le thermomètre marque – 45 °C et le blizzard souffle avec des rafales qui atteignent 150 km/heure, si bien qu'il fait terriblement froid. Le vent mord tellement la peau qu'il donne envie de mordre en retour. Il n'y a rien à faire, le froid est partout, en nous, autour de nous. C'est une véritable obsession. Chacun se referme sur soi comme si la moindre parole allait emporter le peu de chaleur dégagée par nos corps.

Engoncés dans nos sacs de couchage, le bonnet enfoncé jusqu'aux oreilles, grelottant de froid et même un peu de peur, nous écoutons avec un certain recueillement les plaintes de notre pauvre tente, frêle esquif secoué par une mer déchaînée.

Dehors, le spectacle était saisissant. Plus de sol mais des vagues successives de neige qui balayaient la toundra telle une mer ondoyante. C'était néanmoins grandiose, ces éléments déchaînés qui manifestaient leur toute-puissance, terrifiant et beau comme la charge d'un troupeau d'éléphants dans la savane.

« Un beau jour pour mourir », aurait dit un Indien pour exorciser sa peur. Oui, il n'y aurait pas eu de honte à mourir ce jour-là. L'homme n'a définitivement pas sa place ici, infiniment petit, tellement faible face à cette formidable furie des éléments.

La luminosité était irréelle, presque artificielle, tellement ce jaune translucide qui faisait briller les milliards de cristaux de neige tournoyant dans les airs était inhabituel.

On l'appelle le « white out ». Celui qui sort et s'écarte de sa tente est un homme mort. Bousculé par le vent, il perd tout équilibre. Assourdi par les rafales, il erre à droite, à gauche. Aveuglé par la neige, il avance, s'arrête, recule, repart, noyé pour toujours dans l'univers blanc. Bientôt le froid entre en lui. Il se couche, engourdi, et perd la sensation du froid.

Il a lâché prise avec une réalité trop difficile.

Il rêve. Il est bien. Il est déjà mort.

Demain ses compagnons le retrouveront dur comme du bois, couché dans la neige, à vingt ou trente mètres de la tente qu'il a été incapable de retrouver.

Des centaines de gens sont morts ainsi dans le Grand Nord.

— On ne sort qu'attaché, prévient Michel, en déroulant une corde qu'il fixa à la tente pour aller vérifier si les chiens recouverts de neige parvenaient à se dégager la tête pour respirer.

Il en fallait du courage pour s'extirper du sac de couchage dans lequel, tant bien que mal, on écartait un peu le froid. Alain eut lui aussi du mérite quand il décida d'aller filmer la tente secouée par le blizzard. Il fit quelques plans et rentra précipitamment dans son sac de couchage avec les doigts gelés. Le sang mit, avec la douleur que l'on connaît, une bonne demi-heure à revenir dans quelques doigts récalcitrants. Ah ! ce froid, comme un liquide dans lequel nous aurions été plongés !

Finalement, nous aurions dû construire un igloo plutôt que de monter la tente. La neige nous aurait protégé du froid et du vent. Mais encore aurait-il fallu savoir comment faire, car ce genre de choses ne s'apprend pas dans un manuel de survie !

L'igloo est assurément le plus beau triomphe de l'Esquimau. Le premier travail consiste à bien choisir la neige (les Esquimaux en distinguent une trentaine : à chacune ils ont donné un nom). Il n'existe qu'une seule neige à igloo que les Inuits reconnaissaient au son en la frappant du pied. Avec la sédentarisation ils ne sont plus très nombreux à savoir le faire et même à pouvoir construire un igloo. Plus qu'un art, c'est une véritable science.

La première fois que nous avons essayé, nous nous sommes, Michel et moi, heurtés à l'inexpérience. Maintenant, nous savons l'«igloo».

C'est ainsi, à force d'expérience, que l'on apprend à aimer cette terre de tous les dangers mais aussi de toutes les beautés. Un jour, j'irai sans doute dans l'Arctique vivre quelque temps dans un igloo avec mes chiens.

Enfin, après deux jours de froid intense et de blizzard, le vent cessa un peu et le froid redevint tolérable. La visibilité, encore réduite, était cependant suffisante. De toute façon, il était temps de quitter l'endroit, nous mourions de faim et surtout de soif. Quel paradoxe ! Au milieu de tonnes de neige ! Mais chacun sait qu'absorber de la neige ne fait qu'aiguiser la soif.

Sans bois, nous ne pouvions ni cuire notre alimentation ni faire fondre la neige, notre petit réchaud à essence refusant de fonctionner au-delà d'une minute. À chaque fois que nous le rallumions, quelles que soient les précautions prises pour faciliter l'arrivée d'essence, il s'étouffait.

Michel devenait fou. Il essaya vingt fois, démonta tout, vérifia chaque pièce avec le mal que l'on imagine par – 40 °C. Rien n'y fit. Le réchaud refusait de fonctionner. Tout juste si nous profitâmes de quelques flammes pour faire fondre un verre d'eau pour quatre. Quant à en fondre suffisamment pour réhydrater notre nourriture exclusivement déshydratée, pas la peine d'y songer.

Le pauvre Alain se déshydratait quatre fois plus vite que nous, en raison de sa constitution. D'habitude il se ruait chaque soir sur l'eau avant même qu'elle ne soit complètement fondue pour en absorber deux à trois litres.

Immuablement, dès que le poêle commençait à ronfler sous la tente (mon travail consistait à l'allumer et à préparer le repas pendant que les autres nourrissaient les chiens), je voyais arriver Alain, la langue pendante.

— Tu as de l'eau ?

C'était un plaisir de lui tendre un verre d'eau bien fraîche. Un esprit mal intentionné aurait pu lui marchander l'eau à prix d'or. Bref, en ces jours de disette, Alain souffrait le martyre et rêvait tout haut d'hectolitres.

Il nous fallait à tout prix et de toute urgence trouver du bois. Sans eau et sans nourriture, nous ne tiendrions pas longtemps par – 40 °C.

Notre carte révélait un canyon au fond duquel nous espérions trouver du bois. Il s'agissait du canyon Fraser par lequel nous pensions atteindre le village esquimau de Nain au bord de la banquise. Le canyon coupait le plateau en deux. En conservant notre azimuth, nous ne pouvions pas le manquer.

Depuis quelque temps déjà, Michel et Jacques s'étaient aperçus que je possédais un bon sens de l'orientation. J'avais corrigé à plusieurs reprises des erreurs d'estimation. Alors, ils me laissaient aller en tête, carte et boussole en poche.

Prenant très au sérieux cette nouvelle tâche, je menais la triste caravane des neiges dans ce désert uniforme et blanc.

Le vent peignait la fourrure des chiens alors que les traîneaux semblaient flotter sur une espèce de nappe d'eau blanche et mouvante. Je ne pus m'empêcher de prendre une photo du spectacle. Belle image qui sera d'ailleurs choisie entre mille pour faire la couverture d'un livre prestigieux sur les chiens nordiques.

Nos braves chiens tiraient bien, comme s'ils avaient compris à la soudaine gravité de nos visages, à l'économie des gestes et des paroles, que la situation ne souriait pas.

En manque de calories, nous souffrions tous du froid et même d'engelures. La peau du nez de Michel partait en lambeaux sanguinolents découvrant l'os.

Ah, ce froid ! Aux pieds, aux mains, un véritable étau. Et ce vent qui nous l'envoyait à la figure comme des gifles glaciales pour se moquer de nous, pauvres nomades errant dans l'immensité.

Mais nous progressions dans le désert hostile !

Nous marchâmes des heures... jusqu'à ce que j'aperçoive à mes pieds un à-pic vertigineux. Plus de quatre cents mètres au fond desquels je vis une rivière et de la forêt ! : « Une oasis de vie dans le désert », titrerait plus tard le *Figaro Magazine*. Une déchirure, une crevasse gigantesque au beau milieu du plateau.

Mais à la contemplation succéda vite l'incertitude. Comment faire pour atteindre le fond du canyon ? Et si nous ne trouvions pas d'entrée ? Faudrait-il retourner en arrière, retraverser le plateau en sens inverse, sans manger ni boire durant huit jours. Et si le blizzard nous arrêtait encore ? Utopie ! Nous serions condamnés à très brève échéance. Chacun imagina cette tragique retraite mais aucun ne l'évoqua, comme si en parler diminuait nos chances de trouver la porte du canyon.

— Remontons vers la source, proposa Michel.

C'était la seule solution, et c'est ce que nous fîmes sans tarder, jusqu'au soir.

Le soir, sous la tente dans laquelle nous essayions de faire fondre la neige avec des bougies et ce foutu réchaud, la discussion allait bon train. Une sorte de bagarre. Français – Alain et moi – contre Québécois – Jacques et Michel. Ils envisageaient déjà une retraite vers la rivière Georges, avant même que la reconnaissance n'ait été menée jusqu'aux sources. Jacques, d'ordinaire peu bavard, avançait des arguments qui nous laissaient pantois.

— De toute façon, c'est pas grave, ça revient au même !

Alain et moi refusions l'idée même de retraite. Jacques et Michel la présentaient comme une quasi-certitude. Voulaient-ils nous préparer à un échec et à ses terribles conséquences ; ou décupler notre bonheur en cas d'improbable réussite ?

Tout bien considéré, si nous ne trouvions pas l'entrée du canyon en remontant vers la source, nous pourrions peut-être revenir en arrière. En y passant trois heures le soir, nous ferions fondre un ou deux litres de neige avec les bougies. Quant à la nourriture, il y avait les chiens. Nous ne serions pas les premiers à en sacrifier un pour survivre.

En 1936, au cours de sa traversée du Groënland, Paul-Émile Victor partit avec trente-trois chiens. De l'autre côté, il n'en resta plus que vingt. L'Histoire prouve que l'homme est capable de n'importe quoi lorsque sa vie est en jeu. Même de manger le corps de ses chiens ou celui de ses amis.

Cette nuit-là, personne ne trouva vraiment le sommeil. Le froid, la faim et la soif se conjuguaient pour nous empêcher de dormir. On entendait renifler, soupirer, se retourner et grelotter. Tant et si bien qu'à quatre heures du matin, excédés, nous nous levâmes pour nous mettre en route et en finir avec l'incertitude.

Effectivement, nous ne nous trouvions plus qu'à trois heures de marche des sources de la rivière que nous atteignîmes vers huit heures. Pour nous souhaiter bonne chance, le soleil transperça la brume qui nous enveloppait depuis deux jours. La porte du canyon, le passage comme on le dénomma, semblait impraticable. La pente, très raide par endroits, pouvait être barrée par des amas de rochers tombés des parois ou même par des chutes. Une reconnaissance s'imposait. Elle nous prit deux heures. La descente, quoique rocailleuse, n'était pas impossible... Le but était si proche que tout le monde tomba d'accord pour tenter le coup.

— Ça va être coton, annonçait Jacques, inquiet pour ses chiens!

Quelle descente! On attacha des cordes sous les patins des traîneaux pour freiner. Jacques, trouvant que cela ne suffisait pas, détacha ses chiens et les descendit sur les fesses jusqu'au milieu d'une pente à trente degrés. Il manqua de s'écraser au moins trois fois contre les rochers entre lesquels il fallait slalomer. Puis il remonta et nous descendîmes le second traîneau couché sur le côté, en freinant de toutes nos forces. Nous arrivâmes ainsi jusqu'à la forêt d'épinettes bordant la rivière.

Aucun mot n'est assez fort pour décrire la sensation que l'on éprouve en retrouvant de la forêt, en un mot la vie, après quinze jours de désert, de vide, de blancheur et de silence. Les Esquimaux en ont un: *quviannikimut*, la profonde allégresse, se sentir profondément heureux.

Nous avançâmes quelque peu, absorbés par cette étrange lumière qui rayonnait sans parvenir tout au fond du canyon mais qui nous pénétrait l'âme. Nous relevâmes quelques traces de gibier. C'était comme une renaissance. Puis nous fîmes un feu. Ah! le feu, quel plaisir! Nous dévorions les flammes comme si nous pouvions nous en nourrir. Alain but et but encore. Michel n'en finissait pas de remettre du bois pour agrandir le foyer, comme pour se venger d'en avoir été privé si longtemps. Jamais nous n'avions autant mérité qu'aujourd'hui le nom que nous avions donné à notre expédition : « Les coureurs de bois ».

Ce jour-là nous tirâmes notre chapeau bien bas aux Esquimaux, à ces seigneurs de l'Arctique qui survécurent durant des siècles dans la plus grande simplicité. Sans feu, sans autre abri que celui qu'ils construisaient eux-mêmes avec tout ce qu'ils possédaient : de la glace et de la neige !... Une vraie leçon d'humanité.

15

Un Indien apache ne devient un homme que le jour où il a tué un aigle. Il rapporte les plumes et en orne sa coiffe. Dans l'Arctique, un Inuit devient un homme le jour où il tue son premier phoque.

Dès que nous fûmes sur la banquise, en pays inuit, je n'avais plus qu'une idée en tête : approcher un phoque et tenter ma chance. D'autant plus que nos chiens avaient besoin de viande.

J'avais un maître : Iruktik, grand chasseur d'ours blanc et de phoques. Il avait passé sa vie à courir la banquise. Il m'avait longuement expliqué où trouver des phoques sur notre itinéraire et comment les approcher.

La technique est simple. Elle se résume à trois règles :
La première : de la patience.
La seconde : de la patience.
La troisième : de la patience.

J'allais vérifier un peu plus tard que cette technique était la bonne.

Nous avions décidé de rester six jours dans le village inuit de Nain. Les chiens se reposeraient et nous reprendrions des forces. La halte allait nous permettre de réparer les traîneaux et de recoudre les harnais.

Nous profitions du charme de Nain, confortablement installés à l'abri des tempêtes, au fond d'un fjord face à la banquise. Chacun allait de son côté. Nous échappions ainsi pendant quelques jours à la promiscuité qui finit par peser sur une équipe, soudée soixante jours durant.

Iruktik me fit tirer à la carabine et se montra satisfait du résultat.

— Le phoque n'aura pas le temps de rejoindre le trou, dit-il à tous ceux, nombreux, qui nous observaient.

Il brandit la cible que j'avais percée en son centre de plusieurs balles. Tous hochèrent la tête, admiratifs, ne sachant pas que le mérite revenait surtout à la carabine. Je jouis après cette performance d'un certain respect de la part d'Iruktik qui m'expliqua tout. Depuis le camouflage, indispensable sur la banquise où la moindre tache est identifiée, jusqu'à la progression à rythmer sur celle du phoque, qui se dresse à intervalles réguliers pour observer les alentours.

— À ce moment-là, tu ne dois pas bouger d'un poil jusqu'à ce qu'il se recouche, quelle que soit ta position.

À cette époque de l'année, les phoques montent souvent sur la banquise pour se dorer au soleil. Ils sortent par des trous, les agloos, qu'ils ont entretenus tout l'hiver en cassant la glace qui se reforme au fur et à mesure. Je me suis toujours demandé comment les phoques peuvent se souvenir de l'emplacement d'un agloo. En particulier au retour d'une longue plongée dans les profondeurs de l'océan agité de courants.

Au cœur de l'hiver, on chasse le phoque en le harponnant quand il vient respirer à l'un de ses agloos. On raconte qu'un Inuit est capable de rester trente heures sans bouger par – 40 °C au-dessus d'un trou pour harponner un phoque. La patience est reconnue comme l'une de leurs plus grandes et fascinantes qualités. Les Esquimaux ont d'ailleurs un mot pour exprimer ce genre d'attente interminable qui précède un événement soudain : *quinuituq*, la profonde patience.

Au printemps, c'est l'approche derrière un abri blanc. On raconte que l'ours utilise la même technique que l'homme : pour tromper le phoque, il cache son museau et ses yeux noirs avec sa patte.

Une semaine plus tard, j'errais sur la banquise à la recherche d'un phoque. Jacques et Michel qui espéraient donner à leurs chiens, exclusivement nourris de granulés depuis deux mois, un peu de gras et de viande, m'encourageaient vivement.

— Sûr que ça leur donnerait la pêche, affirmait Alain.

J'aperçus le premier phoque, minuscule point noir à l'horizon, quatre jours après avoir quitté le village. Aussitôt nous stoppâmes les chiens. Je pris mon camouflage, une toile blanche tendue sur un cadre en bois, et me dirigeai vers l'objet de tant de convoitise.

Deux heures plus tard, les yeux et le visage brûlés par le soleil, les muscles endoloris par cent vingt minutes de marche, courbé en deux, je n'étais plus qu'à cinq cents mètres du phoque. On ne peut tirer à coup sûr qu'à partir de cent mètres. Mais le phoque se redressa tout à coup et, d'un coup de queue, regagna souplement son trou. Disparaissant sous la banquise, il avait rejoint les profondeurs.

Dépité, je rentrai vers les traîneaux où les autres se prélassaient au soleil. Ils m'accueillirent avec des commentaires sarcastiques.

Le lendemain et le surlendemain, je récidivai. Mais le résultat fut le même, malgré toute ma détermination.

Iruktik aurait-il oublié de me refiler un tuyau ?

Puis, durant trois jours, on ne vit plus aucun phoque. Ce qui me plongea dans un profond découragement. Les perdrix blanches qui volaient sur la côte nous procurèrent de la viande pour Mahingan, la chienne de tête de Jacques. Son état ne trompait plus : elle attendait des petits. Ainsi Bilbo (ça ne pouvait être que lui) avait profité d'un moment d'inattention pour honorer sa belle.

— On la mettra sur le traîneau avec ses petits, disait Jacques, pas le moins du monde inquiet.

Comme la banquise s'ouvrait par endroits sur une mer d'un bleu suprême, nous étions souvent obligés d'emprunter la terre, en l'occurrence une côte déchiquetée, où il était difficile de trouver un passage.

C'est à l'intérieur de l'un de ces fjords aux parois impressionnantes, brillantes de glaces étincelantes, que nous relevâmes les premières traces d'un ours polaire. Je restai un long moment stupéfait, admiratif devant l'énorme empreinte qui trahissait le passage du seigneur de la banquise.

Je me rappelai alors ce dialogue qui m'avait frappé dans le livre de Knud Rasmussen. Il avait demandé à un Inuit, avec lequel il voyageait dans l'Arctique, ce qu'étaient pour son peuple la joie, l'allégresse et le bonheur. Après avoir un peu réfléchi, l'Inuit avait souri largement et répondu : « C'est de croiser des traces d'ours toutes fraîches et d'être en avance sur les autres traîneaux » !

Formidable !

La carabine chargée ne nous quittait plus, car un ours blanc peut très bien s'attaquer à des hommes et à des chiens. Nous arrivâmes sans incident particulier jusqu'à Saglek. Nous remonterions vers les montagnes par la rivière qui se jetait au fond de ce fjord important. Fini les phoques. Mais nous avions pour une fois un peu de temps, et nous décidâmes de profiter deux ou trois jours de cet endroit féerique.

Imaginez d'immenses icebergs, des géants de glace aux formes variées perçant la banquise, le soleil jouant dans tous ces miroirs étincelants qui se renvoient les éclats de lumière d'un bout à l'autre du fjord. D'imposantes montagnes dressées vers le ciel desquelles tombent d'immenses glaciers comme des langues de verre léchant la banquise. Au loin on apercevait la brume couvrant les eaux libres où l'on devinait les orques et les narvals fêtant le retour du soleil. Puis le roi de la banquise, le majestueux ours polaire, déambulant sur les glaces en chassant les phoques.

Je les retrouvais enfin, ces phoques, minuscules points noirs couchés sur la banquise, qu'il me fallait approcher en rivalisant de ruse et de patience avec l'ours blanc, un concurrent de taille.

Je fis deux approches, l'une de trois heures, l'autre de quatre heures. Elles se terminèrent toutes deux par la même déception : un coup de queue et le phoque glissait silencieusement vers les profondeurs inaccessibles, me laissant seul, un peu ridicule, le fusil à la main, scrutant la blancheur infinie.

Dans ces moments-là, on se demande si le phoque a bien existé ou s'il ne fut qu'un mirage.

Le lendemain, je réussis à approcher le phoque à moins de trois cents mètres. Mais tout à coup il dressa la tête avec méfiance. Je tirai une balle, précipitamment, et le manquai avant qu'il ne disparaisse.

C'est certainement ce qui me sauva la vie.

En revenant sur mes pas, quelle ne fut pas ma surprise d'apercevoir soudain, à la place de mes empreintes, celles d'un ours. Un énorme mâle qui m'avait suivi pas à pas, avec l'espoir non dissimulé de m'approcher suffisamment près pour me briser le crâne d'un coup de patte, comme il savait si bien le faire avec les phoques. Ainsi, du haut de la montagne, on aurait pu assister au spectacle tragico-comique d'un ours approchant un homme lui-même approchant un phoque.

Le coup de feu l'avait sans doute surpris. Brusquement il avait sauté sur le côté pour se rendre au petit trot vers un iceberg imposant, pris dans la banquise à cinq cents mètres de là, au bord de la mer libre.

Je suivis les traces. Avec une certaine appréhension qui ne diminuait en rien ma curiosité, je cherchai le géant blanc. Je vis tout à coup, superbe seigneur richement habillé de son épaisse fourrure dorée, un ours blanc avec des reflets jaune doré. Il allait, de son pas tranquille et sûr, dans les glaces, au bord de la mer.

Tornassuk, « celui qui donne la puissance », levait la tête, digne, puissant, jetant des regards hautains et condescendants sur les alentours. J'aurais pu le tuer. Pourquoi l'aurais-je fait ? Parce qu'il était beau et qu'un chasseur tue un animal pour se l'approprier. C'est tellement fort et beau, un peu de vie dans cette solitude, qu'on a envie de la prendre en donnant la mort. Mais je ne l'ai pas tué, parce que le souvenir de sa démarche et de son plongeon dans les eaux bleues valaient plus qu'une peau.

Je n'oublierai jamais.

Je suppose qu'un homme qui perd la mémoire doit conserver intact un souvenir aussi fortement et profondément ancré en lui. Un peu comme une blessure inguérissable. Un souvenir presque palpable.

Un Inuit, lui, aurait tiré. C'est la nature, et on ne juge pas la nature.

Le troisième soir, je fis une seule approche qui dura quatre heures. Je compris que je progressais. Je commençais à anticiper les réactions du phoque : je m'immobilisais lorsqu'il le fallait, parfois longtemps pour qu'il oublie ce qui l'avait alerté ; j'avançais entre deux intervalles de vigilance.

Je l'avais approché jusqu'à trois cents mètres. Mais le vent avait brusquement tourné et il m'avait soudain senti. L'après-midi, le temps changea. Il se mit à neiger. Je ne revis plus de phoque jusqu'au lendemain après-midi mais échouai encore à deux cents mètres de lui.

J'en aurais pleuré de rage.

Le dernier jour – nous devions repartir le lendemain – je me levai vers cinq heures. Je m'assis sur un petit iceberg, du haut duquel je surplombais la banquise. À l'est, elle virait doucement au rose, puis se mit à rougir comme si elle s'embrasait. Le fjord se réveillait et le soleil allumait les glaces une à une comme autant de lanternes accrochées aux parois verticales. Je jouissais du spectacle, oubliant pourquoi j'étais ici tellement je me sentais transporté par la beauté. Le soleil passait sa tête de feu au-dessus des glaces et je recevais sa caresse dorée. Toute la banquise rosissait, et les glaces qui brillaient de mille feux semblaient cligner des yeux devant tant de lumière. Les icebergs, posés de loin en loin sur la banquise, regardaient au-delà des glaces la mer libre qu'ils devaient atteindre pour continuer leur voyage. Les icebergs, pensais-je, veulent tous prendre la mer, poussés par je ne sais quelle force animale, sans savoir qu'ils disparaîtront tout comme les saumons qui remontent les rivières pour y mourir après avoir assuré la pérennité de l'espèce.

Des icebergs quittent le fjord et d'autres tombent de leur glacier natal dans un gigantesque mouvement que les flots amortissent en rebondissant, transmettant la vibration jusqu'à des kilomètres. Fasciné, j'avais assisté à ce spectacle en Alaska. Ce mouvement, et les grincements que l'on entend parfois comme des cris, donnent envie de prêter une existence aux glaciers. Ils semblent respirer, vivre et mourir comme un gigantesque animal, immense serpent bleu qui avance lentement, conscient de sa force, et qui ne veut pas détruire la montagne mère dans laquelle il a creusé son nid.

Une heure passa et j'aperçus enfin un phoque à deux kilomètres. L'approche commença avec une infinie prudence.

— Patience, patience. Je répétais ces mots qui scandaient mon approche, mètre par mètre, courbé sur la banquise inondée d'un soleil prometteur qui me faisait cligner des yeux malgré les lunettes.

Deux heures plus tard, j'avais progressé d'un kilomètre. Il en restait un, le plus difficile. Le phoque, régulièrement, comme il se doit pour protéger sa vie, se dressait toutes les deux ou trois minutes. Alors je me figeais, le cœur battant, craignant d'être repéré. Il se recouchait, s'étirait au soleil telle une jeune fille sur le sable chaud. À cinq cents mètres, il y eut une alerte, j'étais furieux car j'avais fait un faux mouvement alors qu'il levait la tête et que je me trouvais en déséquilibre. Un rien, mais il repéra la chose et ne consentit à se recoucher qu'au terme d'un quart d'heure d'immobilité absolue. Je restai pourtant immobile encore une demi-heure car il paraissait méfiant. Puis il oublia, et je repartis, pas à pas. Mon cœur semblait taper sur la glace au fur et à mesure que j'approchais.

Trois cents mètres.

Deux cent cinquante mètres.

Je ne progressais plus que cinquante centimètres par cinquante centimètres, aplati derrière ma toile, vérifiant sans cesse que rien ne dépasse.

J'arrivai ainsi à deux cents mètres et me donnai encore cinquante mètres avant de tirer. Sans lunette de visée, on ne peut pas mettre à coup sûr dans la tête d'un phoque à plus de cent cinquante mètres. Or, si l'animal n'est pas mortellement touché à la première balle, il regagne son trou d'un ultime coup de queue et va mourir au fond de la mer.

Je n'avais parcouru que trente mètres sur les cinquante que je m'étais promis d'effectuer avant de tirer quand soudain il se dressa de toute sa demi-taille. Ma carabine monta instinctivement à l'épaule et je tirai.

Le coup de feu me fit presque sursauter tant j'avais agi à l'instinct, sans réfléchir. Un bruit énorme, après cinq heures de silence, que répercutèrent les parois des montagnes. Je ne pouvais pas le croire. Le phoque était là, étendu raide sur un lit de glace.

Je m'agenouillai, contemplant l'objet de tant de convoitise. Je caressai sa fourrure, et l'émotion me submergea. De fatigue, de joie et de fierté, je versai une larme comme les icebergs qui fondent sous le soleil d'avril.

Puis j'allai chercher les chiens et ramenai ma victime en traîneau.

Le soir tombait, le soleil brûlait au large dans les brumes de la mer libre et s'accrochait dans les glaces qui rougeoyaient de loin en loin. Les chiens tiraient bien droit et le traîneau glissait comme un bateau sur une mer blanche et brillante. J'avais l'impression d'être infiniment petit et seul mais aussi démesurément grand et puissant car j'étais la seule chose qui bougeait dans cette immensité blanche. J'étais heureux. Iruktik l'aurait été aussi. J'avais su être patient. J'étais peut-être un homme mais pas un Inuit, car je n'avais pas tiré sur le grand ours blanc.

16

Nous avions traversé les montagnes, rencontré les caribous, vu les loups qui les poursuivaient, glissé sur la glace bleue de la rivière Korok… Lorsque soudain le printemps arriva sans prévenir, comme toujours, le 15 avril.

L'eau dévalait des montagnes et inondait la rivière sur laquelle nous ne pouvions plus progresser avec nos traîneaux. Nous attendions que la nuit fasse son travail et gèle la couche d'eau sur laquelle nous marchions quelques heures avant que le soleil ne se lève. Les chiens couraient plein d'allant sur le miroir bleu. C'était magnifique, cette progression sous la lune, alors que les chiens et les traîneaux se miraient dans les glaces qui leur renvoyaient leur image.

Les perdrix blanches chantaient à tue-tête sur les berges dégarnies de neige et les chiens lançaient sur elles des regards avides. J'en tirais souvent quelques-unes que nous distribuions à nos courageux huskies et malamutes.

Les chiots étaient nés les uns après les autres par une froide nuit de mars et durant toute la journée qui suivit, sur les traîneaux, en marche.

— Ça va faire de sacrés chiens de traîneaux ! promettait Jacques.

Malgré nos soins très attentifs, sur les neuf qui étaient nés, quatre seulement survécurent. La sélection naturelle n'avait gardé que les plus forts. Des chiots magnifiques. Le soir, nous construisions un mini-igloo dans lequel nous installions confortablement la mère et ses chiots dans une doudoune ; le jour, ils avaient leur place sur un traîneau.

Il fallait voir Mahingan regarder ses compagnons de trait, l'air de dire :

— Allez, tirez, moi je pouponne, c'est normal.

Brave Mahingan ! Jacques en était fier et il pouvait l'être. Elle était aussi intelligente que forte et malicieuse, avec ce petit quelque chose en plus dans les yeux qui vous fait fondre. Quant au père, Bilbo, il se foutait tellement de sa progéniture qu'il profita d'un moment d'inattention pour en croquer deux, morts de froid, que nous avions écartés au petit matin !

En ce mois d'avril, les deux survivants étaient superbes, gras comme des pâtés. Déjà joueurs, ils couraient dans nos pattes sous le regard attendri de leur mère.

Nous arrivâmes le 5 mai à Kangigsukaulujuak au bord de la baie d'Ungava.

J'étais définitivement marié avec le Grand Nord, passionné et amoureux comme le sont tous les jeunes époux. Si bien qu'en revenant, dans le bateau qui nous ramenait tranquillement en France, je ne pensais déjà plus qu'à repartir. Cette fois-ci, j'irais plus à l'ouest, dans les Rocheuses et en Alaska. Je me promettais déjà de rester plus longtemps. Ces quatre mois m'avaient semblé trop courts. Je rêvais de vivre la succession des saisons au cours d'une grande aventure qui durerait plus d'un an. Tout oublier et me laisser imprégner par la forêt jusqu'à lui appartenir...

17

Du rêve à la réalité s'écoule un temps, ce temps nécessaire à la préparation technique et au rassemblement des fonds, qui dépendent de la bonne médiatisation du projet. Un laborieux travail.

Un an passa, d'autant plus long que j'avais fait la promesse de terminer mes études. J'allais pourtant retourner dans le Labrador dès l'été suivant, alors que nous préparions avec Alain et Benoît une grande traversée des Rocheuses et de l'Alaska. Des vacances, en quelque sorte, que nous avions réussi à financer grâce à une bourse de l'aventure créée par l'Office franco-québécois pour la jeunesse.

Quant à Benoît, il était en train de reconnaître à cheval dans les Rocheuses une partie de l'itinéraire que nous espérions suivre dès l'été suivant.

Avec Totoche, Thierry et Lelièvre, j'avais pour objectif de continuer la traversée de la péninsule du Labrador en canot à partir de l'endroit où nous l'avions laissée avec Benoît. Nous avions choisi le mois d'août parce que six cent mille caribous traversent à cette époque le territoire de la rivière Georges.

Totoche est un cas et il entretient consciencieusement son personnage. Totoche a cinquante ans et vit en préretraite depuis vingt ans. Reprenant le flambeau de ses ancêtres, il mène, dans sa région, une vie de grand seigneur. Toujours à chasser et à festoyer. L'argent ? Il n'en a jamais, et le peu qu'il a, car il en faut bien un peu, personne ne sait trop où il le trouve. Mais il en trouve. Juste ce qu'il faut pour acheter quelques cartouches. Au bistrot, ses histoires qu'il conte merveilleusement bien (on ne peut pas lui enlever ça) valent argent comptant. Quand il a soif, il s'arrête et il se trouve toujours quelqu'un pour lui payer un verre afin d'entendre la suite de l'histoire.

À supposer qu'il n'ait plus rien à dire, mais c'est rare, il invente. Avec une telle verve, un tel brio, que tout le monde croit dur comme fer à ses contes.

Certains disent que c'est grâce à ce talent qu'il séduit les femmes. Physiquement, Totoche n'a rien d'un Delon. Imaginez un catcheur de 110 kg, avec un nez dont le bout a été sectionné par un « copain » dans une bagarre, des cheveux hirsutes, une barbe de Viking et de petits yeux malicieux qui semblent toujours à la recherche d'un cerf dans les fougères. Une gueule terrible ! Voilà Totoche.

Homme des bois. C'est son métier. Lorsque nous nous sommes rencontrés, ça a fait tilt. Nous avons chassé ensemble le sanglier, puis j'ai fini par embarquer le personnage dans le Grand Nord. Je lui en avais trop parlé pour qu'il puisse éviter d'aller un jour y faire un tour, embarquant l'un de ses copains qui lui paya le voyage.

C'est ainsi qu'au début du mois d'août nous nous étions retrouvés à Schefferville. Le propriétaire du camp de chasse où nous avions laissé nos canots, lors de notre précédente expédition avec Benoît, accepta de nous envoyer l'un de ses pilotes pour nous conduire jusqu'au camp.

Dans l'avion, Totoche prit soudain conscience de l'immensité des territoires du Nord. Nous survolions la toundra subarctique. Pas un arbre mais mille pistes orientées est-ouest, qui trahissaient le passage de milliers de caribous en migration. C'était fascinant de survoler le paysage dénudé duquel toute vie semble absente et d'apercevoir pourtant, contournant les lacs, les rivières et les lambeaux de forêts rachitiques, ces pistes d'animaux, cette puissance sauvage.

Le soleil, qui perçait de temps à autre les nuages, irradiait l'eau des lacs, des rivières et des marais sur lesquels nous apercevions des bandes d'oies et de canards. C'était à la fois magnifique et inquiétant.

Puis nous avons admiré la rivière qui se lovait en méandres autour d'une montagne. Elle se raidissait subitement à l'approche du rapide en amont duquel se situait le camp. Lelièvre, le compagnon de Totoche, n'avait pas ouvert la bouche de tout le vol, écrasé, choqué par l'immensité dans laquelle il allait vivre, loin de tout, trop loin…

Lorsque nous étions descendus de l'avion, il avait lancé des regards effarés en direction du rapide que l'on entendait gronder et dont on apercevait l'écume blanche.

Le guide de chasse indien, qui était venu nous chercher en bateau à moteur sur l'île servant de piste d'atterrissage, remarqua tout de suite le peu d'assurance de notre ami.

— T'as l'air point heureux d'être ici, toi ?

Lelièvre fit une moue d'épagneul en guise de réponse.

Au camp, je retrouvai avec émotion mes canots qui avaient assez bien supporté l'hiver. Un Indien m'aida à réparer la toile percée en quelques endroits. Cependant Totoche, en grande conversation avec d'autres guides de chasse montagnais, commençait à croire que les craintes de Lelièvre avaient quelque raison d'être.

— Cette rivière est très très dangereuse, même pour un très bon rameur.

Or Totoche et Lelièvre n'étaient jamais montés dans un canot de leur vie !

— C'est de la folie, leur répétait-on.

J'arrivai pourtant à les décider, non sans mal, d'aller canoter dans le lac formé par un élargissement de la rivière.

— Vous verrez, ce n'est pas si difficile que ça en a l'air.

Les Indiens suivaient des yeux avec inquiétude le canot qui s'en allait vers le large, il faut bien le dire, un peu n'importe comment. Il était déjà loin lorsque j'entendis un cri : il s'était retourné ! Les Indiens se ruèrent vers le bateau à moteur, le mirent en route le plus rapidement possible pour leur porter secours.

Dans une eau à 2° ou 3 °C, le corps humain se refroidit si vite qu'en trois ou quatre minutes, selon la constitution de la personne, il peut atteindre une température de non-retour. Les Indiens le savent et ne perdent pas de temps. On imagine la mine de Totoche et surtout celle de Lelièvre. Quant au chef du camp et aux Indiens, ils étaient ravis, sûrs que Totoche et Lelièvre repartiraient avec le pilote pour Shefferville le soir même.

Le soir, Totoche sortit son alcool de poire pour «fêter» l'événement. Tant et si bien que le pilote décida de passer la nuit au camp et de ne rentrer que le lendemain.

Au petit matin, un soleil radieux illuminait la toundra. De loin en loin, quelques petites troupes de caribous, avant-garde de grandes hardes, traversaient la rivière. Les bernaches passaient dans le ciel. Mes compagnons n'y furent pas insensibles et je profitai de cet état de grâce passager pour les dissuader de prendre l'avion qui devait quitter le camp le matin même.

— Si vous n'arrivez pas à conduire le canot, le pilote vous ramènera dans une semaine quand il reviendra chercher des clients.

Au grand désespoir des Indiens et du chef du camp, nous quittâmes le camp pour une seconde prise de contact avec les canots.

Toute la matinée, je canotai avec Thierry pour lui apprendre quelques rudiments. Plus doué que Totoche et Lelièvre, Thierry apprenait vite. Il avait l'équilibre qui manquait aux deux autres.

L'après-midi, Totoche embarqua avec moi, et Lelièvre avec Thierry. Nous canotâmes devant le camp, effectuant toutes sortes de manœuvres qui avaient pour but de familiariser mes amis avec les canots indiens.

Le soir même nous passions le premier rapide, au grand désespoir des habitants du camp qui ne se faisaient plus aucune illusion sur nos chances de survie. Personne ne savait qu'en ce même moment le pilote et ses huit clients (des avocats américains) étaient en train de s'écraser contre une montagne non loin de Shefferville en pleine tempête de neige. Aucun survivant.

Ainsi celui qu'ils jugeaient déjà coupable de mener Totoche et Lelièvre à la mort venait, certes inconsciemment, de leur sauver la vie...

Cette même tempête de neige nous immobilisa deux jours au-delà du premier rapide. Lelièvre ne parlait plus, ne mangeait plus. La peur le paralysait. Peur de cette rivière dont on lui avait dit tant de choses tragiques, peur des ours dont il avait aperçu un beau spécimen rôder autour du camp, peur des loups que l'on entendait hurler la nuit et peur de l'isolement... Surtout de l'isolement.

Totoche ayant retrouvé le moral, tentait de soutenir son ami. Sans pouvoir s'empêcher, il est comme ça, de se moquer de lui.

Nous passâmes le second rapide. Je pilotais le premier canot, Thierry le second. Nous avions placé Totoche et Lelièvre à l'avant des deux canots. Lelièvre ramait avec moi, Totoche avec Thierry. C'était de la folie. Une erreur de jeunesse. Dans le troisième rapide, Thierry fit une mauvaise manœuvre. Tant et si bien que l'avant pivota et se retrouva à l'arrière. On aurait dit une voiture lancée à 100 kilomètres/heure en marche arrière sur l'autoroute.

Il y avait toutes les chances pour que le canot se retournât contre l'une des nombreuses pierres qu'il ne pouvait plus éviter. Et pourtant, il les évita !

Le miracle nous servit quand même de leçon. C'est moi qui pris en main les deux canots, l'un après l'autre, dans les deux rapides qui suivirent. Je passais le premier, puis remontais chercher l'autre canot pendant que Totoche ou Thierry descendaient par la berge. Nous perdions beaucoup de temps, mais au moins nous ne risquions plus la vie de nos amis. Ça vaut le coup !

Pendant ce temps Thierry apprenait à piloter, à comprendre la rivière, les remous et les fonds. À chaque rapide je lui expliquais où il fallait passer. Il progressait comme nous avions progressé, Benoît et moi, deux ans plus tôt.

Lelièvre accepta de se nourrir et retrouva même le sourire le soir où je tuai un jeune caribou. Nous le vidâmes au bord de la rivière, et des centaines de truites vinrent se disputer les morceaux de sang caillé qui se dispersaient dans le courant. Il fallait les voir, serrées les unes contre les autres, allant jusqu'à s'échouer sur le sable ensanglanté. Nous en attrapâmes quelques-unes à la main. Avec les myrtilles que nous avions ramassées dans les montagnes, le dîner fut royal. Dans le ciel se déroulaient des écharpes de lumière rouge et verte. Au loin, par-delà les montagnes, les loups hurlaient comme pour souhaiter la bienvenue à l'aurore boréale.

Le Grand Nord, après avoir puni notre imprudence, récompensait notre hardiesse.

Deux semaines et un caribou plus tard, nous étions à mi-chemin. Nous avions passé dix-sept rapides, nous en avions cordelé quatre et portagé deux. Le rythme était pris. Nous irions jusqu'au bout, nous en étions sûrs.

Maintenant les caribous traversaient de plus en plus fréquemment la rivière, par hardes de deux ou trois cents bêtes, parfois plus. C'est extraordinaire de voir la force sauvage qui pousse les caribous vers leur destin à travers la toundra arctique. Nous apercevions de temps à autre des loups qui les suivaient comme des ombres, très loin.

Un soir, nous nous mîmes en chasse car nous n'avions plus de viande. Trois caribous traversaient au loin la rivière. Je contournai la montagne pour leur couper la route alors que Totoche rabattait en longeant la rivière, au cas où ils suivraient les berges. J'arrivai au bord de la rivière au moment où les trois caribous commençaient à monter dans la montagne. Je tuai le plus petit. Les deux jeunes mâles s'enfuirent alors vers le sommet.

C'est à ce moment-là que nous entendîmes le hurlement des loups. Nous en vîmes sept dévaler la montagne en éventail et prendre les caribous en chasse. Sans voix, nous admirions cette poursuite sauvage d'une rare intensité. Malheureusement la chasse dévia vers la vallée, et un monticule nous dissimula la poursuite. Je courus dans la direction. Mais les caribous et leurs poursuivants n'y étaient déjà plus. Pourtant, le soir, on entendit plusieurs loups hurler ensemble.

Leurs plaintes montaient vers le ciel comme un hymne victorieux.

L'accident survint deux semaines plus tard. Nous étions arrivés aux chutes Hélène, impressionnantes de puissance. Nous avions pris en haut des chutes plusieurs saumons qui se reposaient là, quelques jours après avoir gravi l'obstacle.

Un portage, tracé par les passages millénaires effectués par les Inuits, permet d'éviter les rochers qui bordent les chutes sur toute la longueur. Toutefois, pour gagner une centaine de mètres, je décidai de cordeler jusqu'en haut de la chute et d'emprunter ensuite le sentier de portage. Je passai le premier canot que l'on vida et retourna pour le sécher sur la berge. Thierry cordelait le second. Il franchit le premier passage difficile en laissant à la corde le mou nécessaire pour que la proue puisse prendre le courant et ainsi éviter une zone de rochers. Mais il fit une fausse manœuvre dans le second passage. Le canot, coincé par un rocher et soulevé par une vague, se retourna.

À cinquante mètres de là, les chutes attendaient le canot et son précieux contenu pour l'engloutir. Heureusement, il tournoyait dans un remous. En le retenant dans ses orbes, il l'empêchait de descendre.

Il fallait réagir vite, profiter de ce sursis pour le tirer d'affaire. Je jetai mes habits sur les rochers, recouverts d'une petite neige fine qui tombait depuis quelques heures, et plongeai vers le remous. L'eau glacée me saisit aussitôt, m'écrasant la poitrine de tout son poids. Je suffoquai et atteignis le canot dans un état de semiconscience. J'attrapai la corde et nageai à l'écart du remous qui m'aurait entraîné vers le fond. Mais les forces me manquaient pour revenir. C'était comme si le froid me tirait en arrière. Je commençais à perdre toute notion de distance, toute énergie. Je n'avais plus qu'une seule envie : me laisser aller. Déjà je ne sentais plus mes mains battre l'eau.

Dans un dernier effort, je parvins cependant au bord. Thierry m'attrapa aussitôt. J'étais frigorifié, en hypothermie. Ils allumèrent un feu et, peu à peu, je repris mes esprits. Totoche avait attrapé la corde que j'avais ramenée inconsciemment vers le bord. Il avait tiré le canot sur la berge. Ne manquaient qu'un duvet et un sac de nourriture.

Je repris bientôt des forces, et le lendemain, nous partageâmes les deux canots et tout le matériel en trois allers-retours. Il avait cessé de neiger.

Quatre jours plus tard, nous naviguions dans les eaux salées de la baie d'Ungava vers Kangigsukaulujuak.

Je ne reconnus pas le village. Tout avait été rasé. Toutes les petites maisons en bois multicolores, sur lesquelles s'entassaient des bois de caribous, avaient disparu, remplacées par des baraquements modernes et imposants, divisés en appartements. Dans le centre, on avait édifié un important gymnase qui avait dû coûter très cher. À quoi pouvait-il bien servir ? Les Inuits avaient-ils vraiment besoin d'un gymnase pour se détendre ?

Mais les Inuits, auxquels il avait bien fallu verser de l'argent en vertu de traités conclus en échange de l'exploitation de leurs terres, sont riches. Cet argent ne doit pas moisir dans les banques. Alors le gouvernement canadien imagine de vastes projets de reconstruction des villages inuits. Pour leur bien-être, évidemment. Ainsi l'argent tourne et revient dans les caisses, grâce aux bénéfices impressionnants réalisés sur les travaux...

Qu'en pensent les Inuits ?

Ayornamat, disent ceux qui savent encore parler l'inuk-tituk : « On n'y peut rien, c'est comme ça ! »

Sibérie.
Le grand hiver a figé le paysage.
Notre caravane progresse
dans la blancheur infinie,
dans un calme ineffable.

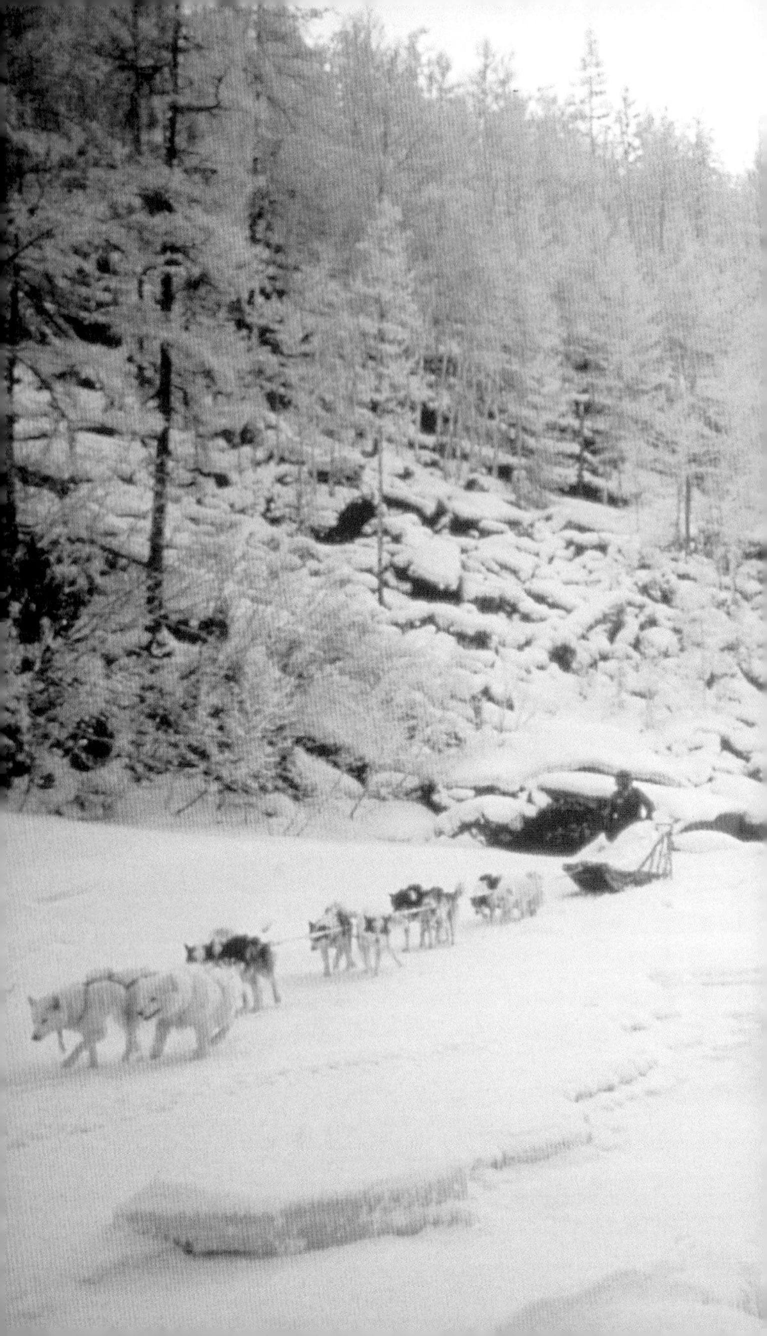

- 60°C. Engoncés dans les fourrures, écrasés par le froid, les gestes se ralentissent. Les hommes et les chiens s'économisent en attendant le soir et surtout le feu.

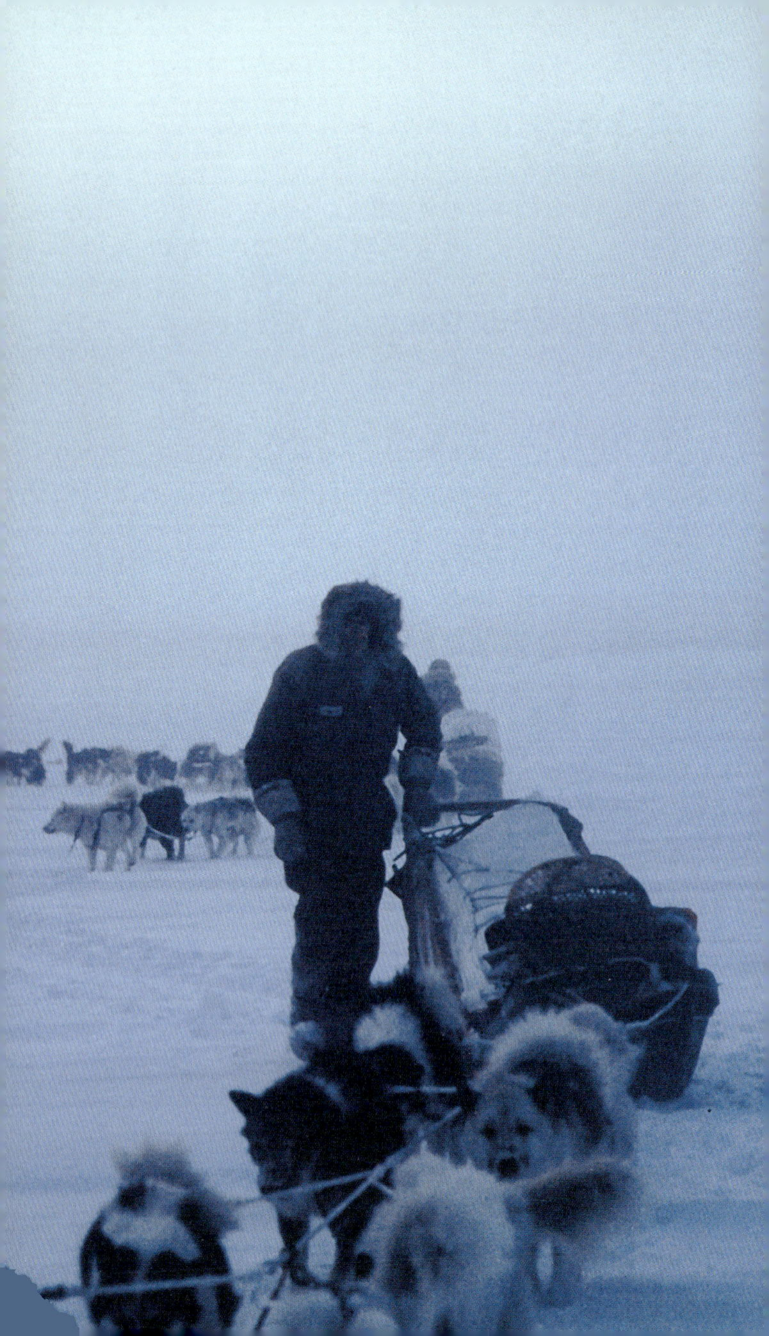

La banquise au large des côtes du Labrador. Au terme de cinq jours de chasse, la récompense : un phoque dont la viande nourrira les chiens.
Notre campement de coureurs des bois dans le canyon de la rivière Fraser au milieu du désert du Labrador. Ayant tenté de voler de la nourriture pour chiens, un renard noir argenté a payé de sa vie sa gourmandise…
Ci-contre : le soleil a quitté le Nord. Les ombres des chiens et des hommes se mêlent dans la souffrance d'une marche rendue difficile par le froid et la distance.

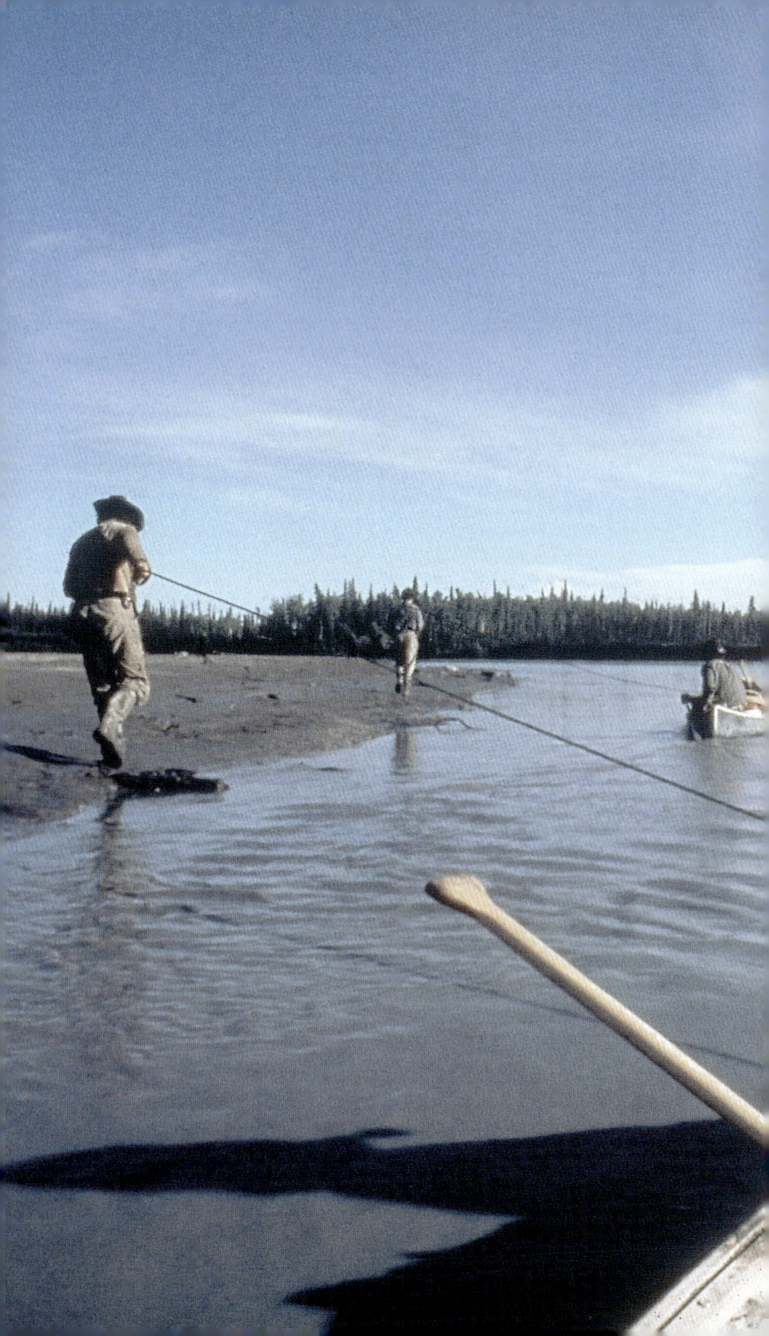

Alaska. Voilà des semaines que nous n'avons pas vu un homme.
Après avoir descendu le Yukon en radeau, nous remontons
à la rame au moyen du cordelage la rivière Kantishna
jusqu'à la ligne de partage des eaux.

À cheval dans les montagnes Rocheuses américaines et canadiennes. 2 500 km d'expédition avec douze chevaux que nous mènerons d'un bout à l'autre d'un périple de quatre mois. Ici un col de plus de 4 000 mètres en Colombie britannique.

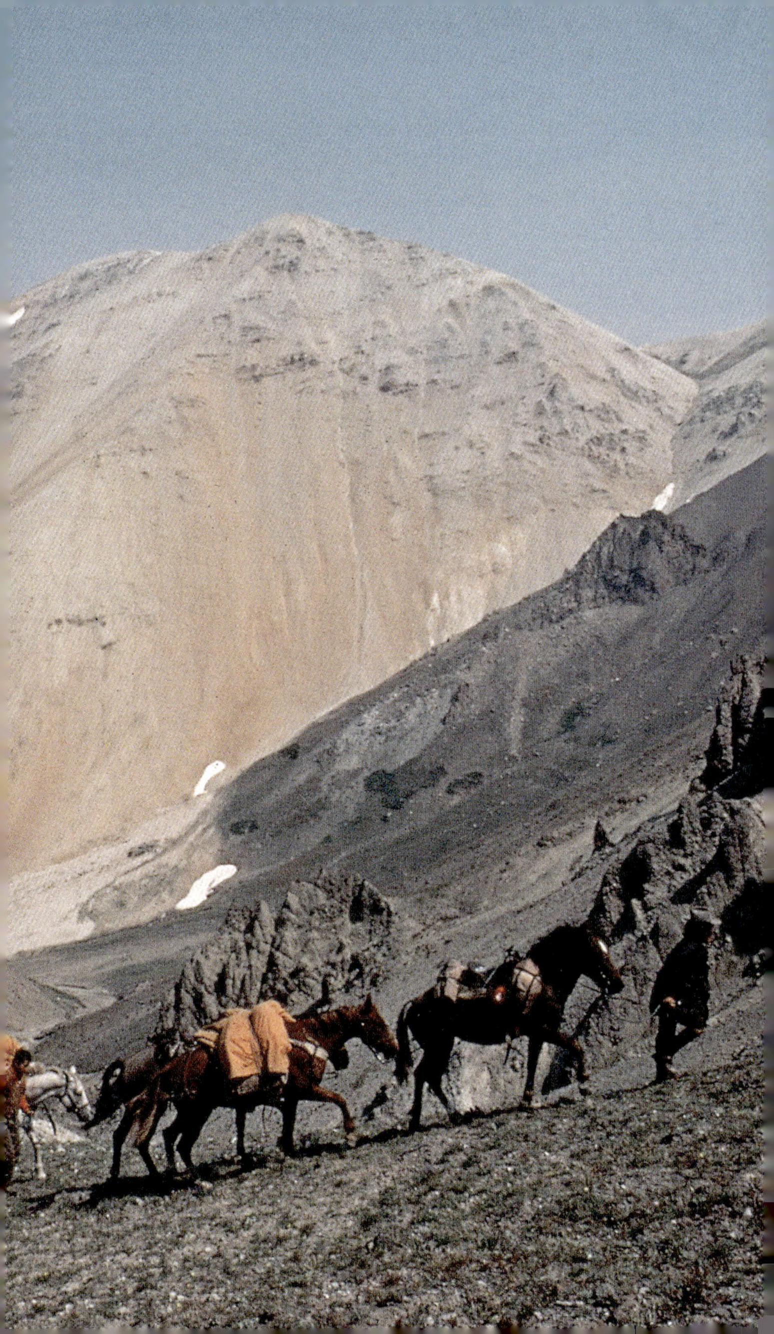

Fidèles à l'histoire de la fameuse ruée vers l'or du Klondike, nous construisons un radeau de bois avec lequel nous naviguerons 1 200 km durant sur les eaux argentées du Yukon.

En été, dans l'Arctique sibérien,
le soleil ne se couche jamais.
Nous profitons des heures froides de la nuit
pour avancer en jouissant du spectacle.

Les derniers coups de rame
d'une expédition d'un an et demi à travers la Sibérie.
L'océan Arctique est à quelques kilomètres.

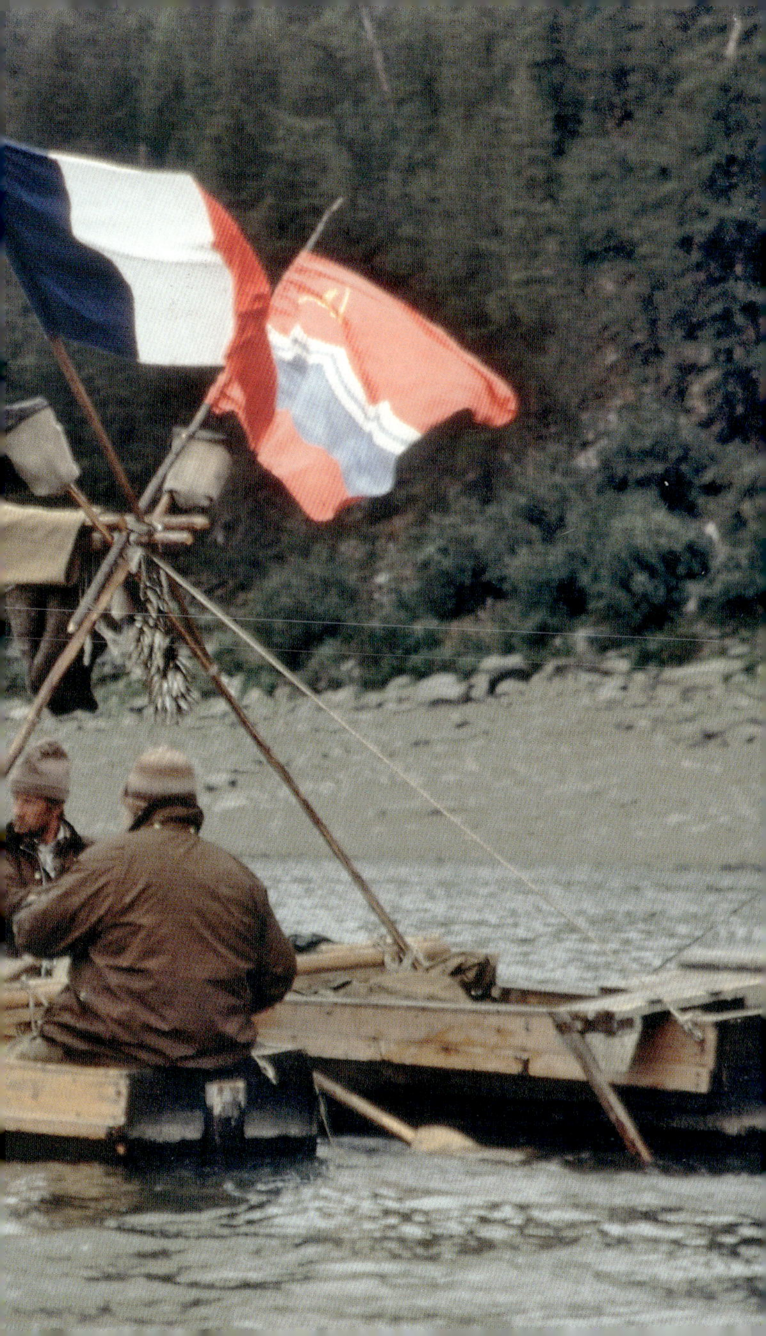

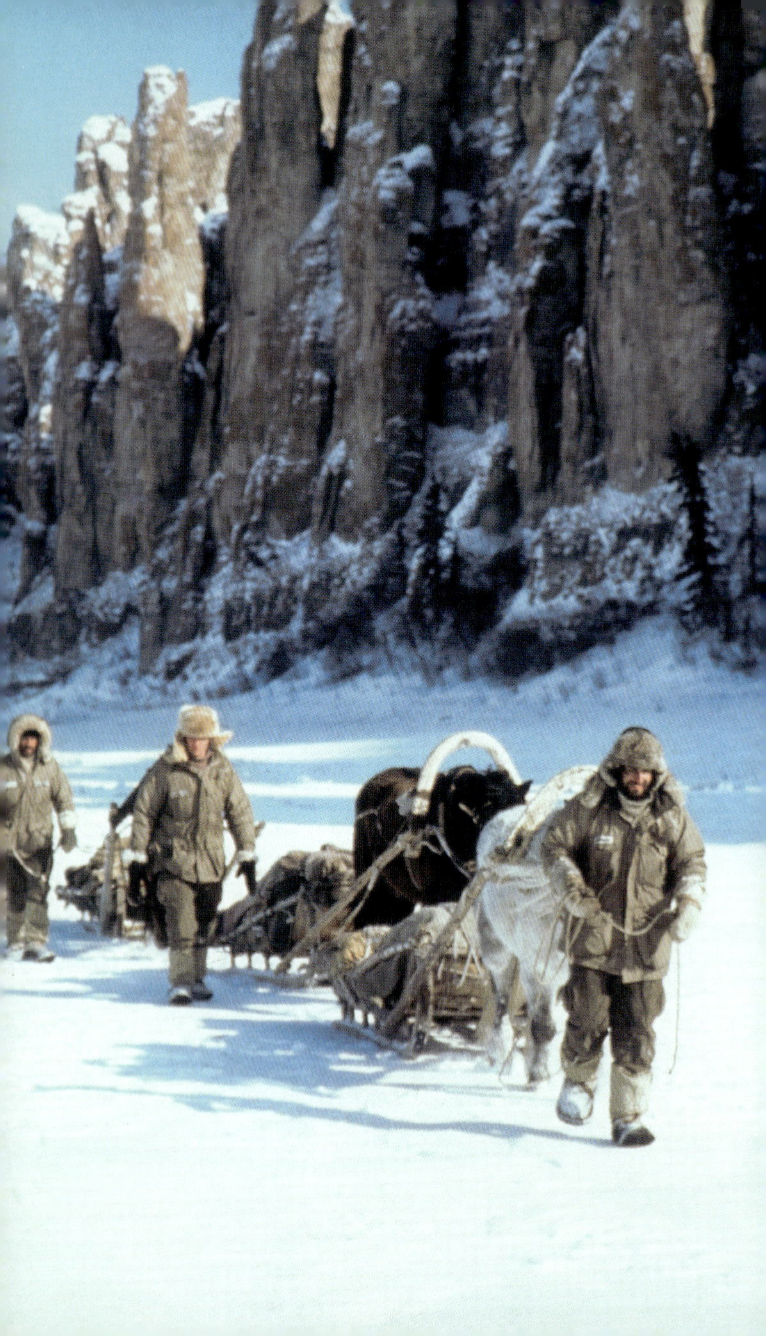

Le chien de traîneau, l'éternel et indispensable compagnon du froid. Dans la tente, le tapis de sol en branches d'épinette, le poêle à bois et la sempiternelle théière.
Ci-contre : avec les poneys yakouts sur le fleuve gelé de la Léna pour un périple de plus de 1 000 km sur les routes de glace *(photo Thomas Bounoure)*

Le printemps sur la banquise.
Le traîneau,
véritable bateau des neiges,
se hâte vers le village
de Kangigsukaulujuak
que nous avions déjà atteint
l'été précédent en canots indiens.

Sauf mention spéciale,
les photos sont de l'auteur.

18

Dans l'avion qui nous ramena vers Montréal se trouvait Michel. Il revenait, lui aussi, du Nord où il avait guidé deux touristes français qui désiraient voir des loups. Ils en avaient entendu un seul et ils avaient vu des traces dans le sable. Si bien que les touristes en voulaient à Michel, argumentant que son voyage était mal organisé. Michel, dégoûté, leur avait conseillé le zoo de Montréal.

Nous profitâmes du hasard de cette rencontre pour mettre au point notre traversée des Rocheuses canadiennes en traîneaux à chiens. Michel avait accepté de la préparer et de l'effectuer avec Alain et moi. Nous traverserions à cheval la partie américaine des Rocheuses durant l'été.

Nous devions nous retrouver en décembre pour continuer avec les chiens. Michel les aurait entraînés spécialement pour cette difficile expédition en montagne. Il y aurait trois traîneaux avec sept chiens chacun, plutôt que dix. Cette petite équipée serait plus maniable et mieux adaptée à la forêt dense et à la montagne.

Michel construirait spécialement les trois traîneaux et reconnaîtrait l'itinéraire pendant l'été. Tout était au point. Nous avions de quoi acheter quelques chiens supplémentaires, construire des traîneaux et nous livrer à une reconnaissance sur place. Les sommes avaient été versées sur le compte de Michel. Tout allait bien, du moins Alain et moi le croyions-nous !

Nous étions confiants et heureux de repartir avec Michel. Jacques avait décliné notre proposition, préférant des expéditions plus courtes.

Octobre. Il nous restait huit mois pour trouver le financement nécessaire.

Benoît avait passé deux mois à cheval en Colombie britannique afin de préparer l'expédition. Il en revenait fasciné par la beauté des montagnes que nous traverserions du sud au nord sur plus de quatre mille kilomètres. En mai, il partirait avec Paul Perrier, le vétéran de notre équipe, pour finaliser l'itinéraire, choisir les chevaux et le matériel, obtenir enfin les autorisations nécessaires à la traversée de deux parcs nationaux.

À ces huit mois de préparation, Alain et moi avions tout sacrifié. Une période difficile. D'autant plus que, parallèlement à ce travail qui nous accaparait à plein temps, je voulais aller au bout de la maîtrise en commerce international que je préparais au Havre. Heureusement la SNCF consentit, pour nous aider dans notre projet, à me fournir une carte de circulation gratuite. Il m'arrivait de faire cinq allers-retours sur Paris dans la même semaine. Au Havre, pour tenir le coup, je trouvais tout de même quelques heures, de temps à autre, pour aller courir les bois avec Totoche. Nous traquions le cerf et le sanglier dans les vastes forêts normandes.

Nous nous endettâmes fortement pour financer la phase préparatoire. Les sponsors ne se battaient pas au portillon. Pourtant tout le monde s'y était mis, Alain et moi bien sûr, mais aussi Benoît et Paul.

Les mois passaient, l'argent filait, le départ approchait et nous n'avions toujours pas un sou dans les caisses. Uniquement des dettes. Heureusement Paul et

Benoît, qui revenaient des Rocheuses avec les cartes de l'itinéraire parfaitement mis au point, les photos de nos chevaux et des rêves plein la tête, nous donnaient du courage. Ils ne parlaient que grizzlis et chèvres sauvages, grands cerfs wapitis et immenses territoires, tellement sauvages qu'on pourrait chevaucher des semaines entières sans rencontrer âme qui vive.

Alain et moi allâmes même jusqu'à New York pour rencontrer un directeur susceptible de nous aider. Mais, quand nous arrivâmes là-bas... Il n'y était pas, appelé d'urgence à Paris.

À trois semaines du départ, une compagnie d'assurances, la MAAF, signa un accord de sponsoring pour la première étape, reconductible sur les deux autres.

Champagne !

Nous pûmes rembourser les dettes et, avec un maigre apport personnel (15 000 francs chacun), boucler un budget, réduit encore par l'aide d'Air Canada pour les billets d'avion, du Vieux Campeur pour le matériel, de Distrutil pour la nourriture et ainsi de suite. Nous avions démarché tous azimuts et rencontré une sympathie unanime pour notre ambitieux projet.

Le 15 juin, comme prévu, nous étions cinq à pied d'œuvre avec douze chevaux dans le désert rouge du Wyoming. Au loin nous apercevions les crêtes enneigées des montagnes Rocheuses, noyées dans la brume. Le rêve prenait enfin des couleurs de réalité.

L'expédition dura plus de quatre mois. Le souvenir de cette chevauchée sauvage dans les montagnes féeriques des Rocheuses restera à jamais gravé dans nos mémoires. Nous vîmes la grande migration des grands cerfs wapitis, le cerf géant des Rocheuses, les grizzlis, les mouflons et les étonnantes chèvres des montagnes, les cerfs mulets et les chevreuils de Virginie rivalisant de grâce et de noblesse avec les antilopes et les lions des montagnes.

Nous traversâmes de gigantesques vallées sauvages, passâmes des cols enneigés à plus de quatre mille mètres, des forêts immenses, essuyâmes des tempêtes de neige et des orages, pêchâmes dans les lacs et les rivières, chassâmes l'ours et les cerfs, réalisant notre vieux rêve de gosse. Un de plus[1].

En octobre, nous nous trouvions près de Banf lorsque la couche de neige sur laquelle nous voyagions depuis trois semaines s'épaissit au point de nous obliger à stopper. Les chevaux rentrèrent vers le Wyoming. Pendant ce temps Michel survolait les montagnes que nous traverserions au cours de l'hiver avec les chiens.

J'aurais aimé rester dans les montagnes. J'avais d'ailleurs prévu d'y construire une cabane en bois rond et d'y attendre les chiens en vivant de chasse et de pêche. Mais le rêve ne rejoint pas toujours la réalité.

Nous n'avions plus un sou. La MAAF, qui connaissait de gros ennuis à l'époque et un changement complet de l'équipe de direction, ne put renouveler son aide. Puis Michel nous laissa tomber sans prévenir. Il était parti avec la caisse pour préparer le voyage d'un groupe de clients qu'il allait emmener dans le Grand Nord. Le vil appât du gain.

Ce genre de déception laisse des traces durables. Nous avions traversé ensemble, sans une ombre, la péninsule du Québec-Labrador en traîneaux à chiens.

---

1. *Le Triathlon historique*, Albin Michel.

Après cette expédition, nous avions correspondu, comme de bons amis que nous étions d'ailleurs. Michel était un homme capable de braver les plus grands blizzards, de couvrir des distances stupéfiantes sur des raquettes. Mais chez lui tout pouvait s'écrouler... pour un joli minois ou quelques dollars.

Tout s'écroulait pour nous aussi.

— C'est foutu, Nicolas, me répétait Alain.

Mais ce n'était pas foutu. Nous avons simplement mis un peu plus de temps que prévu, ne repartant qu'en février. Nous avons retrouvé des chiens, un attelage canadien conduit par Gérard Sawyer et un attelage jurassien conduit par Louis Bavière qui devint l'un de mes véritables amis. Non sans heurt. Au départ, nous étions près de nous détester. Sans doute parce que nous étions trop semblables. Trop sensibles aussi à ces choses de la nature que nous voulions exclusives. Mais finalement nous nous sommes trouvés, et par la suite nous avons partagé des moments merveilleux de découragement, de bonheur et d'espoir.

— Te rappelles-tu, Louis, les loups avec lesquels nous avons hurlé et qui nous répondaient, le vieil Indien qui veillait sur nous, les élans que nous avons poursuivis et les grands corbeaux qui jouaient dans le ciel en s'emmêlant les ailes ?

Cette expédition fut merveilleuse mais terriblement éprouvante. Nous mourions de froid ! Les rivières étaient ouvertes (c'est ainsi qu'Alain titra le film : « Rivières ouvertes ») et nous devions progresser dans la forêt en coupant les arbres à la hache, en tassant la neige par deux ou trois fois en raquettes. Chaque kilomètre était un combat beaucoup plus ardu qu'au Labrador.

Nous accumulâmes un terrible retard et la nourriture s'épuisa rapidement. Il fallait chasser pour survivre. Nous n'avions plus rien.

Alors je marchais en tête, loin devant les attelages, et pistais les élans dont je croisais les traces dans la neige. Le pistage durait parfois des heures. Il fallait tenir compte du vent, du relief, et de l'état de la neige qui, par endroits, crissait sous les raquettes.

J'appris la piste. Je devins presque un pisteur. J'étais capable de déterminer l'âge et le sexe de l'élan que je poursuivais en étudiant une seule empreinte. Je pouvais fixer l'heure à laquelle il était passé en étudiant la trace, l'aspect de la neige sur les arêtes, la forme des flocons que l'élan soulevait du sol avec ses grosses pattes et qui se transformaient au soleil. C'était passionnant.

Chaque jour j'apprenais, je progressais. Je devenais un loup chasseur d'élan. Je humais les crottes fumantes de l'animal que je poursuivais et m'enivrais de leur parfum sauvage, de cette forte odeur de gibier qui s'en dégageait. Je pouvais rester des heures à l'affût derrière un arbre ou encore pister une journée entière un animal dans la neige fraîche, en raquettes, seul dans la taïga immense et vide.

La récompense, c'était de voir les chiens affamés se ruer sur la belle viande rouge et avaler les morceaux en grognant de plaisir.

Lorsque je tuais un élan, nous détachions la viande, la chargions dans des sacs de toile sur les traîneaux, puis lâchions la meute sur la carcasse. Elle la nettoyait, mangeait les intérieurs, broyait les os et se chamaillait pour les restes. C'était impressionnant.

Avec vingt-quatre chiens, la viande d'un élan durait trois jours. Pendant plus d'un mois, tous les trois jours, il fallait à tout prix que je trouve un élan, sinon les chiens auraient été en manque.

Quant à nous, les hommes, nous en avions marre de l'élan, nous ne mangions plus que ça, nous n'avions rien d'autre. De l'élan le matin, de l'élan à midi, de l'élan le soir. Avec la viande, la sensation de faim demeure, quelle que soit la quantité ingurgitée.

Seul devant, pendant plus d'un mois, j'ai vécu des moments extraordinaires, ressenti des émotions qui modifient un homme. J'ai rencontré des loups, des chèvres sauvages, des lynx… Mais c'est une petite loutre qui changea fondamentalement ma conception de la vie animale.

J'étais assis en silence sur un grand élan d'une demi-tonne que j'avais tué au terme d'un épuisant pistage dans la forêt. J'attendais les attelages que j'entendais au loin dans la vallée. Tout à coup j'aperçus, en haut d'un monticule de neige couvrant les berges assez abruptes de la rivière, une petite loutre brune. Des reflets noirs dans la fourrure et des yeux malicieux que soulignait une belle petite moustache blanche.

Je ne bougeai pas d'un millimètre, observant la loutre qui examinait la descente. Visiblement, elle voulait gagner la rivière. Elle se décida et plongea dans la pente : elle se servait de son corps comme d'une luge, pattes relevées en avant et en arrière comme des gouvernails. Elle slaloma un peu et arriva en bas sans encombre.

Je la vis alors se lever et admirer sa trace dans la neige vierge, puis elle remonta. Je pensais qu'elle avait décidé de rebrousser chemin mais, arrivée en haut, elle se décala un peu par rapport à la trace précédente et, stupéfait, je la vis redescendre jusqu'en bas en jouant dans la neige fraîche.

J'étais fasciné.

Ce ne fut pas tout. Elle remonta encore une fois. Pourtant c'était haut et éprouvant dans la neige profonde. Mais elle le fit pour le plaisir. Arrivée en haut, elle se décala une nouvelle fois et répéta la descente. C'était admirable !

Jugeant qu'elle en avait assez profité, elle remonta la rivière et disparut dans une brèche. J'étais à la fois ravi et frustré. Ravi d'avoir été le témoin d'un tel spectacle et un peu frustré de ne pas avoir participé au jeu. J'aurais tant aimé aller voir cette loutre, lui proposer de se faire quelques descentes ensemble. Nous aurions rivalisé dans la pente à celui qui effectuerait le plus beau virage. Elle m'aurait raconté d'où elle venait, ce qu'elle faisait ici, où se trouvait sa famille. Je l'aurais peut-être apprivoisée.

Mais la vie n'est pas un conte de fées.

Je ressentis la même frustration quelques jours plus tard, lorsque nous rencontrâmes les loups qui chassaient les caribous dans un étranglement de la rivière. Louis et moi avions commencé à hurler. Les loups, rassemblés sur un monticule rocheux dans la montagne, nous avaient répondu. L'un d'entre eux aboyait comme un vulgaire roquet. Mais les autres hurlaient d'une belle voix grave et sauvage. Hélas, nous étions pressés. Le printemps approchait et il fallait arriver vite. Ce qui nous avait obligés à interrompre cette conversation avec les loups pour repartir.

De ces frustrations découla une certitude : un jour, je reviendrai ici. Je construirai une cabane et je resterai une année entière avec la loutre et les loups. J'aurai des chiens, une tente et un poêle à bois. Et j'irai, libre de toute contrainte, jouer dans la montagne comme la loutre. Avec le temps, j'approcherai peut-être les loups jusqu'à quelques mètres. Et je leur parlerai.

Début avril, nous arrivâmes au premier dépôt de nourriture sur une route de terre conduisant à un petit village. Mais nous n'allâmes pas plus loin : la débâcle était amorcée sur les rivières ouvertes. Elles étaient devenues impraticables.

Nous avions déjà réussi l'exploit de passer là où les Indiens sekani avaient juré que nous ne passerions pas.
Je continuai seul à pied jusqu'au Yukon. Les conditions étaient épouvantables : je marchai dans la neige mouillée, traversai plusieurs rivières à la nage, fus poursuivi par trois loups... Je dormis sous les arbres dans la forêt trop sombre... seul avec un moi-même qui tentais de comprendre cet homme barbu et crasseux, au visage brûlé par le froid et le soleil, qui marchait seul dans la neige sous la lune blanche du nord, vers un but inaccessible.

En juin, je retrouvai le fameux Totoche, mon complice et ami Benoît, Pierre qui devint un frère grâce à cette expédition, et Jérôme. Il avait rêvé de participer à une telle aventure mais dut payer beaucoup de sa personne pour y arriver.
Nous construisîmes un radeau en bois de cinq tonnes comme ceux que fabriquèrent les chercheurs d'or de Jack London au XIXe siècle, et nous nous élançâmes, portés par les eaux du grand fleuve Yukon, vers le cercle arctique. Mais aussi vers les bancs de sable et les rochers...
Puis nous remontâmes une rivière à la rame durant deux mois, alors que nous n'avions prévu qu'un mois de

nourriture. Il fallut chasser les oies, les canards, les castors, l'ours et les élans. On souffrit de la faim et de la fatigue car ramer contre un courant de 8 à 10 kilomètres/heure relève du masochisme.

Totoche perdit vingt-cinq kilos et pas mal d'illusions. Pierre et moi cherchions nos marques que nous ne trouvâmes que plus tard. Jérôme apprenait. Benoît restait fidèle à lui-même, jamais d'accord mais toujours de bonne humeur. Ce qui en fait un compagnon formidable. Une bonne équipe.

Elle tint le coup cinq mois. Jusqu'au détroit de Behring où nous arrivâmes soudés, heureux et déjà nostalgiques.

De l'autre côté de cette mer de Behring, découverte par le fabuleux explorateur du même nom, s'étendait un pays immense, comme l'écho d'un autre rêve : la Sibérie.

19

En rentrant, il fallait bien vivre, sinon survivre. À l'époque l'aventure jouissait d'une véritable aura médiatique, permettant à ceux qui en usaient d'en vivre. Chaque magazine, chaque chaîne de télévision, chaque radio accordaient une large vitrine à ces faiseurs de rêve et d'exploits. Chaque ville avait son festival d'aventure. C'était la grande époque.

Depuis, comme toujours lorsqu'il s'agit de modes, l'intérêt est retombé. On a tout fait. Le mont Blanc a été gravi en patins à roulettes, sur les mains et en traîneaux à chiens ; l'Everest vaincu en quatre jours, en trois, puis en deux, puis en vingt-quatre heures. Si bien que celui qui le gravit en 23 heures et 30 minutes n'intéresse plus beaucoup.

Nicolas Hulot a écumé la planète entière. Il a parlé aux zèbres, aux girafes et aux baleines... Les télévisions ont tout montré, tout expliqué, tout démystifié. C'est dans l'air du temps.

Seuls les Jean-Louis Étienne et les Gérard d'Aboville font encore recette avec de formidables exploits. Seul le haut de l'iceberg émerge encore. Mais combien restent sous l'eau, doux rêveurs et sympathiques baroudeurs, qui continuent pourtant leur chemin.

Nous avons profité de la belle époque. Les films et les photos rapportés de notre traversée sauvage, qui n'avait pourtant été ni un exploit ni une aventure en solitaire, nous permettaient de vivre.

Je vivais donc d'aventure. Mais comment ne pas vendre son âme quand on vend son aventure aux sponsors, aux médias et aux requins ? Certains se posent la question, d'autres pas. Ces histoires n'ont pas de morale. La Fontaine n'est plus. Ceux qui réussissent sont souvent ceux qui n'en ont pas beaucoup...

J'ai continué mon chemin, cahin-caha. Je ne regrette rien. Le temps d'écrire un livre, de réaliser trois films, et je repartais sans caméra, sans sponsor et sans télé en Alaska. Pour respirer la toundra, écouter les loups et approcher les ours qui se gavent de myrtilles dans les montagnes qui bordent la rivière Kuskokwin. Nous la descendîmes en canots, fidèles à une éthique devenue devise : « On ne gagne vraiment que le temps que l'on perd en chemin. »

Cette expédition dura deux mois, puis je retrouvai la Sologne avec ses étangs déjà recouverts des premières feuilles mortes. L'automne était en marche. Les premiers vols de palombes traversaient le ciel et les cerfs bramaient dans la profondeur des grands bois.

20

Un jour, François Varigas, ce Français qui a traversé l'Arctique canadien avec «Dix chiens pour un rêve», est venu frapper à ma porte. Cet homme éveille en moi des sentiments assez contradictoires. Du respect et de l'admiration pour celui qui va au bout de ses rêves et réussit. Mais un début d'aversion pour l'autre facette du personnage, condescendant, fier.

Aimé de ses admirateurs, il a été porté aux nues par la France entière à son retour de l'Arctique (il s'est d'ailleurs fait mal en retombant). Détesté par les autres, François Varigas ne laisse jamais indifférent. À tel point que ceux qui le détestent ne se rendent pas compte qu'ils en parlent trop pour véritablement le détester.

François est un cas.

J'aime les cas.

Lorsqu'il vint me voir pour me dire qu'il allait gagner la Yukon Quest et qu'il fallait que je l'accompagne (avec une caméra il va sans dire), je n'hésitai pas.

En deux jours, je lui trouvai un sponsor et montai la difficile opération qui consiste à réunir le trio : diffuseur (TF1, grâce à Nicolas Hulot), sponsor (Delsey), et enfin producteur. Une opération qui se monte, l'air de rien, à 500 000 francs pour un film de 26 minutes. François s'est-il rendu compte du tour de force ?

Il avait frappé à ma porte un samedi. Le mardi suivant j'étais en Alaska, au cœur de l'hiver, pour filmer le musher-roi en plein entraînement. Comment ne pas tomber sous le charme de ce Jack London, vivant en pleine forêt, dans une cabane de bois rond, avec ses chiens ?

Avec sa chemise à carreaux, sa barbe et son chapeau de cuir, son teint bruni par le soleil arctique, François ne manque pas d'allure. Combien sont-elles à être tombées sous le charme avant de tomber de haut ?

François me bat sur tous les terrains. Aux échecs comme au bras de fer. Il m'est supérieur en taille et en poids. Il connaît tout mieux que moi : les chiens, le Nord, la chasse. Il veut même m'en imposer en termes de cinéma. Comme je ne suis pas du genre à me laisser faire, je l'arrête sur ce point essentiel pour la bonne suite des événements.

— Non, le cinéma c'est moi qui décide.

Il cède, comme toujours avec une extrême condescendance, l'air de dire « de toute façon, le cinéma c'est un métier de chiffe molle ».

Nous voilà donc d'accord.

Nous partîmes alors pour de grandes balades avec les chiens sur le Yukon gelé. Souvenirs inoubliables, émotions partagées, l'espace de quelques heures, chaque jour, durant plusieurs semaines.

J'apprends les chiens de course. François est un bon maître. C'est vrai, ses chiens vont vite. Il m'a tellement persuadé qu'il allait gagner cette course que j'ai déjà presque vendu le sujet : « Varigas, premier musher français vainqueur de l'une des plus grandes courses de chiens de traîneaux du monde. »

On imagine le succès, les grands titres : « Après trois années de silence, retour de François Varigas, le héros des glaces, devenu premier musher du monde. »

Il se présente lui-même comme l'un des dix meilleurs mushers du monde. C'est presque vrai... Disons l'un des vingt meilleurs.

Je filme donc François, ses chiens, sa cabane et Dawson recouvert de neige.

Le thermomètre chute, − 50 °C, − 55 °C, et un beau jour − 60 °C.

L'Alaska retient son souffle et un matin bat son record : − 64 °C.

Nous réalisons de belles séquences de François et ses chiens, noyés dans un nuage de givre que le soleil enflamme.

Parfois François ouvre son cœur. Alors il devient poète, sensible, humain. Je vois poindre, derrière la carapace de l'héroïsme, un homme qui souffre et qui se cherche. Il pensait se retrouver premier sur la ligne d'arrivée de cette grande course à laquelle il avait tout donné, tout consacré. Et c'est là qu'il s'est perdu, deux années de suite, sans jamais réussir.

Depuis il a quitté ses chiens, le Nord, sa femme et Dawson. Il erre...

Reviendra-t-il ? J'aimerais bien le revoir.

Après cette expérience malheureuse, puisque François arriva septième et sans gloire (pour lui comme pour mon film), je réalisai sans grande conviction un second film sur une course dite « la course des trappeurs ».

Que penserait un trappeur, un vrai, qui apercevrait, au fin fond de la forêt, l'équipe gagnante de la course, en plein délire, passant devant lui à toute allure, avec des cris de motivation, « hooy ! hooy ! allez, ça y va, on se bat les gars, plus vite, hooy, hooy ! », déguisés en concurrents du Paris-Dakar avec ses roses fluorescents, ses étiquettes portant des marques aussi diverses qu'hétéroclites : 3 000 francs sur l'épaule, 500 francs sur les genoux, 850 francs sur la casquette ?

Quatre heures, vingt-six minutes et sept secondes pour traverser un marais de huit cents hectares, une montagne de six cents mètres de dénivelé, une rivière et une forêt tout aussi vastes, voilà le record que détiennent nos héros de « la course des trappeurs », pour l'étape du jour !

Heureusement il y avait dans le peloton quelques équipes pour lesquelles cette course était aussi prétexte à la découverte du Nord.

Ces deux courses (la Yukon Quest et la course des trappeurs), incomparables puisqu'un homme sans expérience se tuerait dans la première alors qu'il s'amuserait dans la seconde, me permirent d'affiner ma technique cinématographique tout en gagnant un peu d'argent. Ce qui ne m'empêcha pas, cependant, de me trouver rapidement dans une impasse.

Tout mis bout à bout, j'avais à ce moment-là 80 000 francs. Ce qui n'aurait pas été si mal si je n'avais pas eu 150 000 francs de dettes ! Comme je suis assez joueur et que j'ai toujours eu de la chance, j'avais décidé de jouer les huit millions de centimes au casino ! J'hésitais sur le lieu. Si l'Alaska n'avait pas été si loin, je me serais bien rendu à Dawson. Lorsque nous construisions notre radeau pour descendre le fleuve Yukon, j'en avais presque fait sauter la banque.

Raisonnable (!), j'avais finalement opté pour Monte-Carlo. J'avais acheté un billet d'avion et une cravate et m'étais retrouvé, quelques heures plus tard, dans le prestigieux casino, en proie à une frousse mémorable, mais que je maîtrisais si parfaitement qu'il eût été impossible de s'en apercevoir de l'extérieur. Je suis sûr que tous les joueurs autour de la table ont cru avoir affaire à un milliardaire blasé. S'ils avaient su !

Terriblement calme, légèrement hautain, j'ai demandé au croupier huit jetons de dix mille francs.

Et, sans un seul regard pour la petite boule qui venait d'être lancée, ni pour quiconque d'ailleurs, imperturbable, je plaçai la totalité sur le rouge. Le croupier, devant l'importance de la somme, l'annonça au responsable qui acquiesça, comme toujours, d'un air très respectueux. L'annonce eut pourtant pour résultat de concentrer les regards sur moi et sur la petite boule qui terminait sa course. Quelle horreur ! J'aurais donné n'importe quoi pour devenir invisible, pour disparaître sous la moquette épaisse et trop moelleuse. J'entendis la boule tomber dans une case, rebondir dans une autre, et finalement s'immobiliser.

Le croupier annonça le chiffre. Je n'écoutais ni ne regardais. J'attendais et vis, comme dans un rêve, huit barrettes rouges, identiques aux miennes, venir se placer à côté de leurs sœurs.

J'avais gagné.

Le regard d'une dame assez âgée, placée en face de moi, croisa le mien. Respectant l'ambiance feutrée et un peu mystérieuse du jeu, elle fit un léger signe de tête approbateur, et ses mains, gantées de blanc, esquissèrent un timide applaudissement. Un monsieur, d'âge respectable, sourit. Mais déjà le croupier annonçait la mise suivante. Je pris une barrette et la plaçai sur la seconde douzaine. Un garçon m'avança une chaise et m'offrit une coupe de champagne.

Je refusai d'un signe de tête en disant :

— Je pars dans dix secondes, merci.

Le croupier annonça le chiffre 11. Je ramassai mes quinze barrettes et allai me faire payer, en billets de 500 francs bien repassés, sans un pli, tout neufs.

Je venais de gagner 70 000 francs en trente secondes. Mais la peur avait tout gâché. Elle me paralysait le corps, tuant dans l'œuf tout le plaisir de gagner. Je ne parvenais pas à la chasser, comme si elle s'était incrustée en moi.

Depuis ce jour, j'aime moins le jeu.

Mais ce coup de chance me permit de me concentrer sur mon prochain projet sans perdre de temps à chercher et à gagner de l'argent.

21

Depuis que nos canots avaient touché les eaux salées du détroit de Behring, je n'avais plus qu'une seule idée en tête : réaliser un vieux rêve, un rêve grand comme le pays que je voulais traverser, la Sibérie, la gigantesque et mythique Sibérie. Terre d'exil et de goulags, taïga et toundra secrètes, où vivent encore des « Dersou Ouzala ». Un rêve qui me poursuivait depuis dix ans, depuis que je m'étais plongé dans les récits de Michel Prikchvine et de Nicolas Baïkov, dénichés dans des bibliothèques poussiéreuses et obscures, dans des brocantes, chez des collectionneurs de vieilles éditions. Je disais à qui voulait l'entendre que je traverserais la Sibérie.

Toujours je m'entendais répondre :
— Tu es fou.

C'est vrai, c'était fou. Du moins à l'époque. Rappelez-vous, messieurs de l'ambassade, de l'Association France-URSS, du Quai-d'Orsay, de Moscou, ce que vous me répondîtes tous alors :
— Impossible !

Je suis allé à Moscou, à Irkoutsk, à l'Élysée, partout… Pérestroïka aidant, le premier juin 1990 je me trouvais là où personne n'avait osé imaginer un an plus tôt que je puisse me trouver.

Mais revenons au point de départ : le 21 mars à 15 h 30.

On m'a souvent demandé pourquoi cette date et cette heure aussi précise.

Je fonctionne ainsi. J'ai trop de rêves plein la tête pour organiser sérieusement ma vie. Je rêve dans toutes les directions. Je veux aller en Sibérie, mais je rêve aussi d'avoir des chiens, de vivre un hiver dans une cabane en plein milieu des territoires du Nord-Ouest, de traverser la Mongolie, ou encore d'aller me balader dans l'Arctique entre terre et banquise.

Pour réaliser un rêve, il me faut d'abord choisir. Puis y consacrer tout mon temps, toute mon énergie, toutes mes pensées. Être tout entier orienté vers ce seul but sans imaginer un seul instant qu'il ne puisse pas aboutir. Alors, pas d'échec possible.

Le 21 mars à 15 h 30, j'avais donc décidé que je traverserais la Sibérie. J'avais pris une chemise rouge (URSS oblige) et j'avais inscrit au marqueur noir : « TRANSSIBÉRIE ». Puis, j'avais trouvé grâce au minitel le numéro de l'ambassade d'URSS (devenue depuis ambassade de Russie). J'avais téléphoné plusieurs fois. Toujours occupé.

Je commençais à mettre en œuvre les règles apprises lors de la chasse aux phoques. Il faut aussi beaucoup de patience pour traiter avec l'URSS. Les Russes savent faire la queue pendant quatre heures pour acheter une boîte de lait. Pas les Français. Question d'éducation, d'habitude et d'histoire.

Ainsi, lorsque je rentrai de Sibérie, après un an et demi, la première image que j'eus de la France fut un Français qui, scandalisé par une attente de cinq minutes à la sortie de l'avion, engueulait un flic en lui demandant de faire accélérer le mouvement. Les Russes le regardaient avec un étonnement non dissimulé. Ça m'a échappé :

— Monsieur, nous revenons de Russie et il y a là-bas des gens qui passent tous les jours cinq heures dehors par – 20 °C à faire la queue pour acheter un bout de viande pour leurs enfants ; alors fermez-la pour leur laisser au moins cinq minutes une autre image de la France.

Le monsieur est resté bouche bée. Quelques-uns ont applaudi. Les Russes qui comprenaient le français ont souri.

Ceux qui m'attendaient ont trouvé que, décidément, je n'avais pas beaucoup changé.

Après une heure de vaines tentatives, j'eus enfin l'ambassade puis le service culturel qui me renvoya sur le service de presse. Le classique et exaspérant ping-pong qui a le don d'exaspérer et la vocation de décourager. Une bonne école pour l'URSS. Je m'étais énervé – moi aussi ! – invoquant je ne sais quelle relation que je n'avais pas. Mais qui me permit d'être reçu trois jours plus tard par un attaché culturel, aussi aimable qu'inefficace.

Puis je tissai ma toile, rencontrant une variété invraisemblable d'hommes qui n'avaient qu'un point commun, leur réponse :

— C'est pratiquement impossible.

La détermination que j'affichais me valut cette promotion : ce n'était plus « impossible » mais « pratiquement impossible ». Jusqu'au jour où je rencontrai le directeur de l'Association France-URSS. Très pessimiste de nature, il me dit cependant en levant les bras au ciel :

— Il y a bien une solution, mais alors, bon courage !

— Laquelle ?

— L'autorisation de Gorbatchev en personne ! Il n'y a que lui qui puisse décider les ministères réticents, le KGB et la Défense à vous délivrer un visa pour faire une telle folie.

Je rentrai chez moi avec une nouvelle incertitude. Pour obtenir l'autorisation de Gorbatchev, il n'y avait guère qu'une seule solution : il fallait que ce soit son homologue français qui la lui demande, le président de la République en personne...

Vous avez déjà essayé de le joindre ?

Ce n'est pas simple. Nous sommes des dizaines de milliers à lui écrire chaque semaine pour lui demander qu'on ne construise pas une autoroute, qu'on n'implante pas une centrale nucléaire, bref pour lui demander d'intervenir à tout bout de champ. Des dizaines d'employés trient le courrier et le répartissent dans les différents ministères. Là il est de nouveau traité, lu par les conseillers qui sont censés répondre. Quant aux chances que votre lettre parvienne au président, qu'il la lise, qu'il y réponde...

Qu'à cela ne tienne ! Jack Lang m'avait félicité dans un télégramme pour une série de grands prix reçus dans les festivals de films d'aventure, grâce à mon film sur la traversée de l'Alaska. Il me répondrait peut-être mais n'irait sûrement pas voir le président pour moi. Ne rêvons pas.

En revanche, j'avais chassé le sanglier dans le Morvan avec l'un des meilleurs amis de François Mitterrand. C'était une piste. (J'aime les pistes !)

J'hésitai... longtemps. Je me disais que ce très sympathique monsieur avait forcément, et ce depuis belle lurette, adopté une politique en la matière et refusait sans doute systématiquement ce genre de service qu'on devait lui demander sans cesse.

— Vous ne pouvez pas intervenir pour mon fils qui..., pour un tel que...

Je finis par me décider à téléphoner. Et me retrouvai chez lui une semaine plus tard avec mes gros sabots.

Michel écouta mon histoire et fit à la règle l'exception que j'attendais :

— Je te promets que je lui remets ta lettre en main propre.

Je l'aurais embrassé. Comme Michel est un homme de parole, il remit effectivement ma lettre et reçut une réponse qu'il me fit parvenir. On y lisait que le président de la République avait demandé que l'on m'aide à réaliser mon projet.

Cette lettre dont je me servis à plusieurs reprises dans les ministères, trop mous à mon goût, me fut d'une grande utilité comme électrochoc. Mais Gorbatchev n'eut jamais vent de mon projet.

Parallèlement à ce parcours administratif de haut niveau, je multipliais les reconnaissances en Sibérie et les contacts à Moscou. Je préparais l'expédition comme si j'avais déjà obtenu les autorisations. Avec le temps et la pérestroïka qui gagnait du terrain, les ministères commençaient à s'y perdre dans les interdictions et les autorisations. Je compris vite que plus personne n'y retrouvait ses petits. Même les ministres ne savaient plus ce qu'ils pouvaient interdire ou autoriser, surtout quand il s'agissait d'événements marginaux comme le mien. J'exploitai le filon et profitai de cet état de fait pour enfoncer des portes verrouillées depuis longtemps en URSS. J'étais conscient de la fragilité de l'édifice que je parvenais tant bien que mal à construire. Il existait même des compagnies d'assurances qui avaient mis au point une assurance couvrant les frais que provoquerait en URSS un retournement politique. J'y souscris. Bien que ce fût cher. J'avais déjà engagé dans tous ces voyages et reconnaissances des sommes importantes qu'il m'aurait été impossible de rembourser au cas où je ne serais pas parti. Je m'usais aussi à la chasse aux sponsors.

Enfin, un jour, je fus invité à déjeuner par François Pinault. En quarante minutes, il décida de sponsoriser entièrement ma folle entreprise. «Risquer, oser, agir» est sa devise. Il n'hésita pas devant ce défi. L'éthique lui plaisait: traverser la Sibérie avec des moyens de transport traditionnels, respectueusement et doucement, en prenant le temps de voir et d'écouter un pays inconnu. Depuis, je n'ai plus de nouvelles de lui !

Le travail de fond réalisé pendant huit mois fit alors boule de neige. Je n'eus plus qu'à choisir magazines, télévisions, producteur et éditeur avec lesquels je désirais fonctionner. Plus tard, l'intérêt retomba quelque peu. La Sibérie fut démystifiée par le Camel Trophy et autres courses contre la montre.

Mon expédition était longue et je partais en équipe. C'était un handicap. Beaucoup voulurent me faire traverser la Sibérie seul ! C'est d'ailleurs ce que titrera le *Figaro Magazine* : «Seul». Pour vendre du papier, sachant pertinemment que je partirais avec un Sibérien d'Irkoutsk et cinq équipes successives pendant un an et demi. Je me suis fâché. Ils m'ont laissé tomber.

Je partis le premier juin et arrivai un an et demi après dans l'océan Arctique. J'avais réalisé mot pour mot ce que j'avais promis à ceux qui m'avaient fait confiance, et même au-delà.

22

L'une des plus grandes émotions de cette expédition à travers la taïga sibérienne fut ma rencontre avec le peuple nomade des montagnes Verkoïansk : les Évènes. Éleveurs de rennes vivant en parfaite harmonie avec la nature.

Nous voyagions depuis un an déjà lorsque nous les rencontrâmes de l'autre côté de la vaste chaîne de montagnes où la rivière Jana prend sa source. Nous espérions atteindre la mer Arctique en canots en empruntant son lit.

Nous étions au début du mois d'avril. J'avais fait parvenir un message en France demandant à Totoche et à deux amis de m'y rejoindre le premier juillet. Ils se rendraient par avion jusqu'à Verkoïansk, puis en hélicoptère jusqu'aux sources de la Jana.

Nous avions trois mois avant le rendez-vous fixé pour traverser la chaîne des montagnes Verkoïansk avec des rennes. Ils tireraient les traîneaux tant que nous aurions de la neige. Nous les bâterions quand l'été nous surprendrait.

Les Évènes, prévenus par l'un des amis de mon coéquipier soviétique, Volodia, vinrent donc nous chercher au pied des montagnes Verkoïansk. Nous étions arrivés avec des poneys yakouts, nos trente chiens de traîneaux étant retournés en France après quatre mois d'expédition.

Durant trois semaines, nous partageâmes la vie errante d'une brigade de nomades. À cette époque de l'année, ils rassemblaient leur troupeau de rennes. Puis nous arrivâmes à Sebyan Kuyel, chef-lieu des montagnes et du sovkhoze qui gère douze brigades de nomades. Chacune élève un troupeau de 1 500 à 2 000 rennes.

La carte du territoire nous apprit que, pour nous rendre aux sources de la rivière Jana, nous traverserions le territoire de la brigade numéro six. Coup de pot, le chef de cette brigade se trouvait au village à ce moment-là. C'est ainsi que je fis la connaissance de celui qui devint l'un de mes meilleurs amis : Nicolaï. Nous passâmes deux mois et demi ensemble.

Nicolaï m'apprit à monter les rennes, à les rassembler et à les diriger. Nous chassâmes ensemble le mouflon, l'ours et les loups qui attaquaient les femelles et leurs petits. Nous escaladâmes des montagnes et partageâmes de multiples émotions dans la taïga. Il m'initia à la vie du camp, à la transhumance et aux jeux.

C'est encore lui qui, le premier juillet, m'accompagna jusqu'à la rivière Jana, n'hésitant pas à parcourir quatre cents kilomètres aller-retour dans les montagnes, les forêts et les marais, pour que je sois à mon rendez-vous avec Totoche et les autres.

L'étape en canot à travers la toundra sibérienne jusqu'à l'océan Arctique dura deux longs mois. J'avais la nostalgie de la vie avec Nicolaï dans les montagnes. Pourtant l'équipe était sympa, les lumières de l'été arctique, féeriques. Et que dire de la joie éprouvée lorsque nous apprîmes l'avortement du putsch !

À mon retour, vissé à ma table de travail, je ne pensais qu'à Nicolaï et à cet hiver qu'il allait vivre libre dans les montagnes. J'étais attiré par une irrésistible force contre laquelle je ne pouvais rien. Heureusement il y avait ma femme et un bébé qui grandissait en elle, ma ferme en Sologne à laquelle je suis attaché plus que toute autre chose au monde et sans laquelle je serais loin, dans les montagnes ou dans le Grand Nord sur les pistes blanches avec mes chiens.

Grâce à Diane, à cette ferme, à ses forêts, à ses champs de bruyères et de fougères, j'ai trouvé un équilibre que certains jugent fragile. Mais je le sais aussi solide que ces montagnes dont je rêve et que je retrouverai bientôt : j'ai promis à Nicolaï de participer avec lui aux grandes chasses d'automne. À dos de rennes dans les immenses vallées sauvages et les montagnes, nous approcherions ensemble les quelque dix grands mouflons dont il a besoin pour nourrir sa famille l'hiver. J'avais même laissé là-bas ma carabine, mes jumelles et un sac plein d'affaires. Preuves concrètes dont Nicolaï et moi n'avions d'ailleurs pas besoin pour être sûrs que nous nous retrouverions bientôt.

Mais le destin en voulut autrement.

Lorsque je rentrai en France en septembre, j'essayai de faire parvenir des nouvelles à Nicolaï, de lui envoyer du courrier, des photos. Rien ne semblait arriver. Quant au téléphone, comme chacun sait, il ne fonctionne pas au-delà de Moscou. Et encore à certaines heures et à condition de faire preuve d'une bonne dose de patience.

De toute façon, Sebyan Kuyel ne dispose que d'une simple radio pour les besoins exclusifs des pilotes qui assurent la liaison avec Yakoutsk. J'essayai par ce biais de lui faire parvenir un message. Mais, je ne le sus que plus tard, Nicolaï resta inaccessible dans les montagnes jusqu'à la fin du mois de novembre. Il ne revint qu'une semaine au village pour repartir aussitôt. Nicolaï fuit sa capitale comme je fuis la mienne... Il y a juste une différence d'échelle.

Sachant que Nicolaï et les siens m'attendaient, je patientais.

En Sologne, le printemps s'annonçait, les chevreuils perdaient leur velours et les canards s'accouplaient. Bientôt viendrait l'été, saison de mon rendez-vous avec Nicolaï.

Le 3 avril, un ami de Volodia, auquel j'avais demandé de faire parvenir un courrier par le pilote qui assurait le ravitaillement du village, m'apprit que Nicolaï n'était plus. Il ne pouvait pas m'en dire plus. Mais à quoi bon, Nicolaï était mort.

Je reçus la nouvelle comme un choc d'autant plus pénible à supporter que je ne pus le partager avec personne. Même pas avec moi-même. J'étais tenu de faire bonne figure car le lendemain était une fête : un mariage. En l'occurrence le mien.

J'attendis donc quelques jours et, sans trop savoir pourquoi, je pris un billet d'avion pour Yakoutsk où j'espérais trouver un moyen de transport pour atteindre Sebyan Kuyel.

À Moscou, à peine sorti de l'avion pour entrer dans le hall de l'aéroport, je reconnus le pays à son odeur de vieille maison. L'escalier roulant ne marchait pas et il fallait faire la queue pendant une bonne demi-heure pour passer la douane. Il y avait comme toujours quelques Russes sagement résignés et des Français râlant et maugréant leur sempiternel « mais qu'est-ce qu'ils foutent ? ».

Je ne sais pas si beaucoup de gens, même connaissant la Russie, se sont rendu compte de la difficulté de l'organisation qu'il a fallu mettre en place pour réaliser cette traversée de la Sibérie. Avec le recul, j'en prenais soudain conscience, tandis que les souvenirs me revenaient pêle-mêle : le transport des chiens, l'acheminement du matériel, de la nourriture, des armes. Je repensais à toute l'énergie dépensée, à toutes les colères et à tous les découragements, à tous ceux qui m'avaient aidé : Karl, Thomas, Youri et les autres. Les souvenirs que j'avais accumulés dans la taïga avaient finalement eu raison de ces tracasseries administratives, de ces voyages de reconnaissance épouvantables, des échecs et des incertitudes. Moscou me les rappelait tout à coup.

Youri, que j'avais rencontré lorsqu'il travaillait à l'ambassade d'URSS en France, et qui depuis était devenu un copain, m'attendait. Il me serra longuement contre lui à la russe en dissimulant mal son émotion. Nous traversâmes Moscou, allâmes dîner chez l'un de ses amis où nous passâmes la soirée à évoquer les souvenirs. Youri se montrait très surpris que je sois revenu pour me rendre dans les montagnes Verkoïansk (15 000 kilomètres aller-retour) sans trop savoir pourquoi. Surtout qu'il était fort possible que mes Évènes ne soient pas dans les villages à cette époque de l'année.

Moi-même je comprenais mal ce qui me poussait à faire en une semaine cet éprouvant voyage. Nicolaï n'était plus. Le reste du clan m'accueillerait-il, à supposer que je le trouve ?

J'avais besoin de savoir.

Le lendemain soir, je prenais l'avion pour Yakoutsk. Je me retrouvai dans l'une de ces abominables boîtes à sardines de la compagnie Aeroflot, baptisée « Chicken Flot » en souvenir des détestables morceaux de poulet qu'on vous y sert avec un morceau de pain, en guise de repas. Un voyage de huit heures, coincé entre une vieille, qui rotait en mastiquant un vieux chou farci malodorant sorti de son sac, et un vieux Yakout pétomane qui se croyait en concert.

J'arrivai à Yakoutsk vidé moralement et physiquement, me demandant ce que j'étais venu faire dans une galère pareille. Renseignements pris, un hélicoptère quittait le lendemain matin la ville pour Sebyan Kuyel. Un coup de chance lorsque l'on sait que trois hélicoptères par mois se rendent dans les montagnes. De plus, Volodia, un étudiant en français de l'université de Yakoutsk, se proposa de m'accompagner.

Pendant huit heures, nous survolâmes des montagnes, des milliers de montagnes dans lesquelles j'essayais de repérer notre itinéraire de l'année précédente. Puérile tentative ! Tout se ressemble, et pas une route, pas un village qui puisse servir de point de repère.

Quelle immensité ! Je restais collé aux hublots, m'imaginant ici et là courant les montagnes avec des rennes ou des chiens. Enfin apparut le lac, puis le village. On fit un tour à basse altitude et je vis plusieurs personnes qui se hâtaient vers l'aire d'atterrissage. J'avais du mal à contenir l'émotion qui m'étreignait, pesante.

Je me retrouvais sur le sol caillouteux, mon sac sur l'épaule, au milieu du brouhaha que provoque toujours l'arrivée de l'hélicoptère avec ses provisions, le courrier, le matériel. Il y avait une cinquantaine de personnes. Je n'en connaissais aucune. Je me sentais ridicule. Depuis quatre jours que je voyageais vers le village, j'imaginais une arrivée où Vassili, Yvguénié, Boris et tous les autres auraient été là. Dès la descente de l'hélicoptère, j'aurais été happé, on se serait tapé dans le dos en riant et j'aurais été de maison en maison pour fêter le retour.

Rien de tout cela. Bien sûr, personne ne pouvait m'attendre, je n'avais pas prévenu. J'étais seul. Ridicule. Triste. Vidé par ce voyage de huit mille kilomètres. Pourquoi étais-je venu ? Nicolaï était mort. Lui seul, je le savais, m'aurait attendu, accueilli avec une émotion partagée. Alors pourquoi avoir fait ce voyage ?

J'avais envie de remonter dans l'hélicoptère, de repartir vite. Je n'avais plus rien à faire ici. Je voulais rentrer en Sologne, chez moi.

Volodia s'étonna :

— Il n'y a personne que tu connaisses ?

— Non, personne.

Les Évènes qui étaient là me dévisagèrent un peu avant de charger tel ou tel colis sur leur dos et de retourner vers le village. Nous nous retrouvions seuls.

Volodia chercha le bureau du sovkhoze. Nous nous y rendîmes. Le vice-directeur écouta Volodia lui expliquer ce que j'étais venu faire ici.

À ce moment-là entra quelqu'un que je reconnus pour l'avoir rencontré au cours d'une halte dans une cabane l'année précédente :

— Nicolas, qu'est-ce que tu fais ici ? Comment ça va ?

Et Volodia d'expliquer le but de mon voyage. Ce qui eut pour effet d'émouvoir les quelques Évènes rassemblés autour du vice-directeur du sovkhoze.

— Oui, Nicolaï est mort en février, dirent-ils gravement. Maintenant, c'est Vassili et son fils aîné qui dirigent le clan. Ils sont là-bas avec le troupeau, là où tu étais l'année dernière.

— On va se débrouiller pour que tu puisses t'y rendre, m'assura le vice-directeur.

Et tous les Évènes d'approuver, visiblement émus. J'expliquai que j'avais été très touché par la mort de

Nicolaï et que j'avais décidé de faire le voyage pour savoir ce qui s'était passé et ce que devenait le clan.

— Tu iras, on va trouver un moyen.

Mon moral remontait. J'allais revoir le grand troupeau, les tentes, le clan… Quelqu'un entra, une femme, les yeux brillants et joyeux.

— Alona ! laissai-je échapper.

C'était la femme de Vassili. Elle me secoua longuement la main en expliquant aux autres, comme pour se justifier, que nous avions passé deux mois ensemble avec Nicolaï et toute sa famille dans les montagnes.

— Je viens d'être prévenue de ton arrivée, dit-elle. Boris est au village.

Je racontai de nouveau mon histoire, mon impossibilité de communiquer avec eux par téléphone ou par courrier.

— Tu es là, c'est l'essentiel. Tu es revenu, c'est bien. Nicolaï aurait été si content, tellement content, tu sais, dit-elle, émue. Viens, on va voir Boris.

Boris m'attendait, assis devant sa fenêtre d'où il me fit un grand geste. Il se leva, malgré sa jambe coupée à la base de la cuisse, pour me serrer dans ses bras.

— Nicolas, tu es revenu, c'est formidable. On t'attendait, tu sais.

Je m'assis alors auprès de lui et il me raconta la mort de Nicolaï :

— Un jour, il est parti dans la montagne, seul, et il s'est tiré une balle dans la tête, expliqua Boris. Il a laissé un mot pour expliquer qu'il était atteint d'un mal incurable, celui dont il t'a parlé l'été passé, et qu'il souffrait trop pour pouvoir continuer d'assurer sa fonction de chef du clan. Se sentant devenir inutile, il a préféré partir… fièrement.

Il a parlé de toi dans sa lettre. Il a demandé de garder précieusement ta carabine, que tu reviendrais et qu'il tenait à ce que tu la retrouves telle que tu l'avais laissée. On a dû la cacher car la milice s'est enquis de cette arme, poursuivit Boris, mais elle t'attend, comme Nicolaï l'a souhaité.

Une larme coula sur ma joue, je ne cherchai pas à la retenir. Boris me sourit tendrement et me dit :

— Nicolaï parlait souvent de toi, de votre voyage vers Suardack, il t'aimait beaucoup.

— J'aurais tant aimé le revoir.

À ce moment-là, deux enfants entrèrent en trombe dans la pièce, Maxime et Dougre, les deux fils de Vassili.

— Hay ! Nicolass !

Ils avaient grandi, mes deux copains.

— On part tous la semaine prochaine rejoindre le clan, m'expliqua Alona, les enfants viennent de finir l'école. Tu viendras avec nous ?

— Oh oui, Nicolas, viens avec nous ! s'exclamèrent Maxime et Dougre.

J'étais en train d'expliquer que je comptais revenir au mois d'août, quand le vice-directeur accourut et m'invita à reprendre l'hélicoptère.

— On s'est arrangé, le pilote t'emmène sur le territoire du clan six, celui de Vassili, dit-il. Tu peux partir.

J'étais touché en plein cœur par toute cette gentillesse.

Durant une heure, nous survolâmes les majestueuses montagnes Verkoïansk, gigantesques vagues blanches sur une mer infinie. Nous déposâmes quelques Évènes sur le territoire du clan quatre. Ils nous invitèrent à boire un thé sous la tente et à déguster quelques morceaux de renne bouilli.

C'est avec un plaisir mal dissimulé que je me retrouvai sous une tente évène. Je me pénétrai à nouveau de ce climat si particulier, de ces odeurs qui n'existent nulle part ailleurs. Le tapis de sol, une épaisse couche de branches de mélèze, exhalait un délicieux parfum qui se mêlait à ceux du thé, du renne et du bois dans le poêle.

Dehors, les chiens, couchés à l'ombre des traîneaux, grignotaient leurs os. Des peaux de rennes, d'ours et d'élans séchaient dans le vent.

Les Évènes m'expliquèrent que le clan six leur avait parlé de moi durant la fête des rennes du mois de mars.

Puis nous repartîmes pour un vol de vingt minutes. Je repérai plusieurs hardes de rennes, broutant ici et là dans les alpages de lichen.

Toutes les rivières se ressemblent. Et je ne reconnus pas tout de suite celle qui traverse le plateau au bord duquel nous avions installé le camp l'été précédent. En revanche, je reconnus la vallée où se cache la cabane de Nicolaï. Nous nous posâmes sur le lit asséché de la rivière.

Je retrouvai l'emplacement de notre tente avec une grande émotion. Le bonheur de revoir les lieux où s'étaient écoulées de si belles semaines en compagnie de Nicolaï se mêlait à la nostalgie de ces retrouvailles sans celui qui donnait tout son charme et sa force à cet endroit.

Je descendis de l'hélicoptère, le creux du ventre noué par une grosse boule. Sur le chemin de la cabane, je reconnaissais chaque arbre, chaque souche (nous en avions scié nous-mêmes pour le feu). Je retrouvai la cabane telle que je l'avais laissée, simple, rustique. Les montagnes, gravies avec Nicolaï lorsque nous partions à la recherche des mouflons, la dominaient, superbes, imposantes.

Le vieil homme, aperçu un soir de l'été précédent, s'approcha. Je reconnus l'oncle de Nicolaï. Un peu éberlué, il me serra la main et m'expliqua que Vassili et les autres avaient quitté la vallée la semaine passée pour les alpages d'altitude.

Le pilote, qui suivait la conversation de loin, me répondit avant même que je lui pose la question.

— Nous n'avons plus assez d'essence pour aller là-bas. Désolé. D'ailleurs, il faut vite rentrer, la météo est mauvaise.

J'en étais malade. Rentrer alors que j'étais venu de si loin et que le clan ne se trouvait plus qu'à une journée de marche, quelque part là-haut, dans les alpages.

Il fallait réfléchir, vite. Je demandai alors à l'oncle de Nicolaï s'il y avait des poneys.

— Il y en a trois au bord du lac, qu'Yvguénié viendra chercher la semaine prochaine.

— On peut les attraper ?

— Je pense.

Je demandai alors au pilote s'il lui serait possible de revenir dans quelques jours. Volodia, qui m'accompagnait, m'expliqua que l'hélicoptère n'avait pas eu le temps de se rendre sur le camp cinq. Il espérait pouvoir s'y poser le lendemain pour récupérer les bois de rennes coupés à l'époque de la repousse.

— Si le chef du sovkhoze est d'accord, je passerai vous chercher.

Je prenais le risque.

L'hélicoptère repartit et nous allâmes chercher les poneys.

En chemin, nous levâmes des quantités de lièvres arctiques et quelques perdrix blanches, dont la tête et le poitrail commençait à flamboyer à l'approche de l'été.

Les poneys se laissèrent seller sans histoires. Je pris un thé, mangeai quelques morceaux de viande de renne et quittai la cabane pour prendre la direction des hauts alpages.

D'après le vieux, le camp se trouvait à une trentaine de kilomètres du col emprunté l'année passée. Je pris donc cette direction et nos poneys allèrent d'un bon pas dans la vallée verdoyante, déjà piquée de fleurs de part et d'autre de la rivière, encore gelée par endroits.

Un peu plus loin, je relevai la trace d'un chevrotin porte-musc, puis celle d'un petit ours. Les lièvres, nombreux, dressaient leur tête blanche et, après m'avoir dévisagé quelques secondes, bondissaient et disparaissaient dans la forêt. Dans le ciel chargé d'épais nuages, deux aigles décrivaient leurs orbes en se moquant de quelques grands corbeaux. Des bécasseaux et des pluviers laissaient entendre leur «*priit-priit*» joyeux. À mi-pente, à la limite des arbres, les coqs rappelaient.

Le printemps est une fête, et j'étais heureux d'y participer après huit mois d'absence.

Le vieux m'avait donné un peu de thé et deux galettes de pain. Je m'arrêtai un peu avant le col et préparai un feu. Le poney, entravé aux membres par une corde, broutait paisiblement l'herbe encore tendre au bord du ruisseau. J'imaginais, en buvant tranquillement mon thé, la surprise de Vassili et des autres lorsqu'ils allaient me voir arriver. J'hésitai à dormir un peu avant de reprendre la route : il était presque minuit mais j'étais trop impatient pour me reposer. Le grand troupeau de rennes et le campement se trouvaient là, derrière le col, si près, trop près pour que je ne reprenne pas immédiatement la route.

À l'approche du col, la neige épaisse et humide ralentit fortement la marche. Je mis pied à terre et encourageai mon courageux petit poney. L'année passée, j'étais allé plusieurs fois à poney rechercher des hardes de rennes égarées ou encore chasser. Inlassablement, ces souvenirs me ramenaient à Nicolaï, comme un homme blessé au pied qui souffre à chaque pas.

Je l'aimais, Nicolaï, vraiment.

Enfin, le col, le lac. Une petite neige se mit à tomber, chassée par le vent qui passait le col en miaulant ses rafales. Le ciel rougeoyant du soir se découvrait à l'est. Nicolaï m'avait appris que c'était signe de beau temps. En effet, lorsque je me mis en route en direction des alpages, que je reconnus tout de suite derrière le col, la lumière rasante du soleil vint me caresser le visage.

Je marchai encore deux heures.

À trois heures du matin j'aperçus, fortement ému, le campement du clan. Je reconnus aussitôt les tentes, celle d'Yvguénié, toujours aussi bien rangée, aussi soigneusement tendue, sans un seul pli ; celle de Vassili, autour de laquelle régnait toujours le même désordre, celle des enfants et toutes les autres.

À la lumière du feu, je reconnus Joachim et Sergueï. Ils me dévisagèrent sans cacher leur étonnement. L'année passée, j'étais couvert de barbe, les cheveux hirsutes. Je revenais avec une tête de civilisé. J'étais un autre homme. Pour rapprocher ces deux « moi », aussi différents physiquement que moralement, il fallait un sacré coup d'œil.

— Sergueï, ya Nicolas ! (Je suis Nicolas !)

Sergueï resta un moment stupéfait et courut dans la tente de Vassili alors que je descendais de poney. J'étais tellement saisi par l'émotion que j'avais l'impression d'assister en spectateur à ma propre arrivée. Je me vis me diriger vers la tente que Vassili venait de quitter, les yeux écarquillés, un énorme point d'interrogation au-dessus de la tête.

D'autres tentes, averties par les enfants, s'éveillèrent. J'entendais des cris et me retrouvai dans les bras de Vassili qui répétait :
— Nicolas, Nicolas.
Maintenant, tout le monde criait, posait des questions auxquelles je ne répondais même pas, bouleversé, au bord des larmes.
La femme d'Yvguénié, toujours maîtresse d'elle-même, fut la première à reprendre ses esprits. Elle proposa un thé. Vassili, de sa voix forte et grave, demanda aux enfants d'apporter du renne. En me frappant le dos jusqu'à la tente, il répétait en riant :
— Nicolas, Nicolas... Mais qu'est-ce que tu fais ici ?
Difficile de l'expliquer. Surtout que je ne le savais pas vraiment moi-même. Je dis pourtant devant tout le clan rassemblé sous la tente ce que l'annonce de la mort de Nicolaï avait provoqué en moi. Très ému, je dus m'interrompre quelques secondes. Je puisai de la force dans le sourire de Vassili, tout aussi ému, pour reprendre mon récit. Je racontai comment j'avais décidé de venir ici pour savoir ce qui s'était passé et pour prendre des nouvelles du clan. J'expliquai que j'avais essayé par tous les moyens de joindre Nicolaï, puis les membres de sa famille, sans jamais y parvenir. Alors, j'avais décidé de venir moi-même.
— Voilà, je suis là, c'est tout.
Vassili, très grave, profondément touché par le long voyage que j'avais fait, prit alors la parole :
— Nous t'attendions, Nicolas. Yvguénié et moi avons même parlé de toi encore la semaine dernière à propos des chasses d'automne. Yvguénié, Nicolaï et moi faisions équipe depuis quinze ans. Nicolaï nous avait dit que tu le remplacerais cette année, que tu lui avais

promis de venir. Il a demandé à ce qu'on te donne son poney.

— Je ne remplacerai jamais Nicolaï. Je suis Français, lui était Évène. Lui savait lire une trace de mouflon sur une terre sèche et dure comme du roc, moi pas.

Yvguénié et Vassili se mirent à rire.

Yvguénié prit la parole à son tour :

— Tu as le sens de la chasse, Nicolas. Nicolaï le disait souvent. Quant au reste, nous savons de quoi tu es capable. Nous savons que tu arriveras souvent avant nous près des mouflons.

Ce mensonge qui dissimulait une véritable tendresse me toucha droit au cœur. Il en disait long sur les liens qui se créent dans la montagne, sur la piste des loups et des mouflons.

— On fera équipe, Nicolas, dit Vassili qui ne savait même pas si je pourrais revenir.

La nuit s'écoula. On parla de tout ce qui m'avait si profondément manqué pendant huit mois : du troupeau de rennes, des mouflons, des loups qui avaient été particulièrement agressifs au mois de janvier et février, des autres clans... Vassili me posa des tas de questions sur ma vie en France, me demanda des nouvelles de Diane et de mes amis, Alain, Karl et Thomas.

Puis, vers huit heures, nous allâmes à dos de rennes chercher le troupeau que les enfants d'Yvguénié gardaient non loin de là, près d'un lac où nous avions campé l'été dernier. Je reconnus un mâle immense dont les bois avaient repoussé avec la même symétrie que l'année passée. Je regardai avec tendresse les jeunes rennes dégingandés, bêlant avec insistance dès que leur mère s'écartait un peu pour lécher le sel que nous lui présentions. Nous tuâmes un jeune mâle. Nous étions en train de préparer les abats pour le repas lorsque l'hélicoptère arriva. Vassili décida alors de rentrer avec moi à Sebyan Kuyel.

— Je trouverai bien un moyen de revenir.

J'eus à peine le temps de serrer toutes les mains de mes amis retrouvés. L'hélicoptère s'éleva lourdement, et le campement, comme dans un rêve, disparut derrière la masse cotonneuse d'un nuage.

Pendant ce temps, à Sebyan Kuyel, la nouvelle de mon arrivée s'était répandue comme une traînée de poudre. Je retrouvai tous les visages connus, Karl avec qui nous avions voyagé de Batagaï à Sebyan Kuyel en avril dernier, Arcadi avec qui nous avions chassé les lièvres, Youri et tant d'autres qui pêchaient à cinq kilomètres du village, lorsque l'hélicoptère s'était posé la première fois.

On me présenta les sœurs de Nicolaï, son frère, des amis. Tous me souhaitèrent la bienvenue. Dans tout le village, on savait que Nicolas, l'ami de Nicolaï, avait fait un très long voyage pour rendre visite à son clan.

Le soir, toute la famille de Nicolaï, Vassili et leurs amis dressèrent une table. On évoqua les souvenirs en versant quelques larmes. Puis, vers minuit, Vassili proposa de se rendre au lac pour une partie de pêche sur la glace.

— Demain, tu repars, Nicolas, il faut qu'on en profite, on dormira plus tard !

On se rendit à pied et à dos de poney jusqu'au lac. Là nous allumâmes un immense feu autour duquel nous nous réchauffions en grignotant des truites. Aussitôt prises, elles étaient grillées par les femmes. Toute la nuit.

Quelle belle nuit ! Une nuit qui, à elle seule, aurait pu, si nécessaire, justifier mon voyage. Nous prîmes plus de cent truites. Et Vassili me dit, sur le chemin du retour :

— Nicolas, je n'oublierai jamais ce que tu as fait pour venir nous voir. C'est l'une des plus grandes démonstrations d'amitié que tu pouvais nous faire. C'est vraiment un long voyage !

Lorsque je me couchai enfin, écrasé de bonheur et de fatigue, il neigeait. Aucun hélicoptère ne put donc venir. Si bien que le soir nous repartîmes vers le lac. Le ciel s'était découvert et il faisait – 12 °C. Nous nous habillâmes chaudement et pêchâmes toute la nuit, buvant du thé et mangeant notre pêche, délicieuse comme la veille. Il faisait si froid qu'il fallait casser et recasser la glace dans les trous que nous avions creusés. Les gouttes d'eau se figeaient sur les fils de pêche.

Au petit matin, le vent se leva et il se mit à neiger. Nous dormîmes un peu, puis Vassili me conduisit sur la tombe de Nicolaï : un simple piquet fiché en terre sur lequel étaient enroulés des morceaux de tissu de toutes les couleurs et à côté duquel, sous un monticule de grosses pierres, reposait le corps.

Vassili remplit un verre de vodka et me demanda d'en verser quelques gouttes sur les cailloux recouvrant le corps de mon ami. Nous partageâmes le reste. Enfin, après m'être recueilli quelques instants, Vassili me montra, élevées sur des piquets, les deux têtes de renne posées sur des caisses. Elles contenaient les os du renne de selle de Nicolaï tué le jour de l'enterrement et ceux de son renne de trait tué quarante jours plus tard.

— Pendant quarante jours, les Évènes cherchent leur chemin vers l'au-delà. Alors ils ont besoin de leur renne de selle ; puis, lorsqu'il s'en va, il leur faut aussi leur renne de trait pour emmener leurs bagages. On vient alors sur la tombe et on y dépose tout ce dont ils ont besoin pour ce long voyage, m'expliqua Vassili, c'est la tradition.

— Elles sont belles, vos traditions, avais-je dit à Vassili.

Nous escaladâmes alors dans vingt centimètres de neige la plus haute montagne qui surplombe le village. Au sommet, quelques perdrix blanches nous accueillirent en caquetant avant de s'élancer dans le vide. Nous restâmes là un moment à discuter. Vassili me parla longuement de l'avenir des Évènes et des bouleversements qu'ils connaissent aujourd'hui, notamment depuis trois ans.

Depuis 1989, les Évènes coupent les bois de leurs rennes trois fois dans l'année pour les vendre en devises aux Japonais. Le sovkhoze de Sebyan Kuyel est ainsi devenu, avec dix millions de roubles de bénéfice par an, l'un des plus riches de Yakoutie !

Maintenant, des perspectives de développement s'offrent à eux.

Vassili, tout en se félicitant d'avoir maintenant des moyens qu'ils n'avaient pas autrefois pour la scolarité des jeunes et l'assistance médicale notamment, s'inquiète d'une évolution irraisonnée. Conscients de la valeur de leurs traditions, ils veulent conserver cet héritage.

— Les jeunes doivent continuer à parler évène, à voyager avec les rennes. Sinon, nous ne serons plus évènes et nous disparaîtrons.

Deux aigles planaient légèrement en dessous de nous, décrivant des orbes silencieuses au-dessus du village. Nous les observâmes longtemps, en silence. Je me demandais ce que l'on verrait dans cent ans, cinq cents ans, mille ans, du sommet de cette même montagne.

En un ridicule petit siècle (qu'est-ce que cent ans à l'échelle de l'humanité?), le monde a connu de tels bouleversements, a commis tant de sottises. Quels seront les suivants?

Certes la toundra n'aura pas changé. Les mélèzes seront les mêmes, les ours et les loups n'auront pas modifié leur façon de vivre, l'ours ne gagnera pas les alpages de myrtilles en 4 × 4 et le loup ne chassera jamais le renne sauvage avec une carabine. Mais l'homme poursuivra-t-il sa folle ascension vers une perfection inaccessible? Atteindra-t-il un équilibre comme l'ours et le loup? Un équilibre qui passe par un «contrat naturel» rédigé avec la terre.

Depuis que l'homme a conquis l'espace, nous nous sommes rendu compte de la petitesse de la terre, de sa fragilité, de sa beauté. L'écologie est devenue le mot de passe des temps modernes. Ceux que nous avons longtemps appelés les «primitifs» nous reprochent d'oublier que nous avons besoin de la terre comme d'une mère. Ils nous appellent, avec un mélange de crainte et d'incrédulité, les «hommes qui changent la nature».

Vassili soupira, leva les yeux au ciel et conclut simplement:

— Oui, les choses changent.

Avec un soupçon de fatalité...

Comme le soleil perçait entre les nuages, nous étions redescendus.

L'hélicoptère n'arriva que deux jours plus tard. J'atterris alors à Batagaï d'où je repris vingt-quatre heures plus tard un petit avion à huit places pour Sanghar. L'avion perdit une roue à l'atterrissage et s'écrasa contre un escalator. Il y eut deux morts, neuf blessés et deux personnes indemnes. Ce jour-là, j'ai eu de la chance. De là, un autre petit avion m'emmena vers Yakoutsk où je dus attendre, secoué par l'accident, une journée pour l'avion de Moscou où… j'arrivais trop tard pour une correspondance directe vers Paris !

J'arrivai en France un vendredi soir, un jour de départ en vacances, et je me retrouvai bloqué dans les embouteillages. Mais le lendemain j'étais chez moi en Sologne, et au lever du jour je souriais à deux adorables petits faons qui venaient de naître en bordure des bois, derrière l'étang où les hérons pêchent les brochetons égarés dans les ruisseaux.

Vassili et moi avions convenu de nous retrouver le 20 juillet à Sebyan Kuyel. Il viendrait seul, avec trois poneys. Nous repartirions ensemble vers les hauts alpages où se trouvait le clan. Nous en aurions pour trois ou quatre jours de marche. À moins qu'une trace fraîche d'ours ou de loup ne nous retarde un peu…

J'avais ainsi trois semaines pour mettre au point un système qui me permettrait d'acheminer à Sebyan Kuyel la prothèse que j'avais promise à Boris.

En attendant, Boris survit en sautillant d'une tente à une autre. Il a appris à monter à cheval et continue de circuler l'hiver sur les traîneaux à rennes. Mais il passe quand même une bonne partie de la saison froide dans le village, car il a conscience d'être une charge trop lourde pour son clan dans la taïga.

Et lorsque Nicolaï, malade et fier, s'est suicidé parce qu'il ne pouvait plus assumer son rôle de chef dans le clan, Boris a souffert doublement. Sa femme est courageuse, et sa petite fille d'un an, non seulement l'aide à vivre, mais l'empêche de partir…

Je reste donc le seul espoir de Boris.

— Nicolas, rapporte-moi une jambe !

23

Ma petite fille s'appelle Montaine, du nom de la sainte patronne des Solognots. Elle grandit en Sologne avec les poules et les chevaux. Elle connaîtra l'aboiement du chevreuil et le chant du coq faisan avant même de savoir marcher.

Quand elle aura un an et demi, nous partirons avec Diane pour une grande aventure sauvage, quelque part au nord des montagnes Rocheuses, loin au fond du bush, pendant un an.

Otchum, mon chien de tête avec lequel j'ai traversé la Sibérie, tirera le traîneau avec toute sa petite famille : Ska, une belle groënlandaise aux yeux de braise, et toute leur progéniture. Torok le costaud, Baïkal le joueur, Nanook le bosseur, Voulk le sauvage et trois chiots magnifiques, Oumiak, Amrok et Tsaouik. Ils viennent de naître dans le Jura où se trouve tout ce petit monde, choyé par mon copain Jérôme Allouque. Nous partons cet hiver avec lui pour une expédition dans la presqu'île de Kola, dans l'Arctique soviétique.

Les ingénieurs de Pedigree Pal qui habitent près de chez moi sont en train de mettre au point une alimentation du tonnerre qui nous permettra d'aller jusqu'au bout de nos rêves couleur de neige.

La vie en Nord continue.

POCKET N° 14096

« *Immersion au cœur d'un peuple fier, vivant en lien étroit avec la nature.* »

Thierry Creux
Ouest-France

Nicolas **VANIER**
LOUP

Attendri par le spectacle d'une louve jouant avec ses petits, Serguei sait qu'il transgresse les lois ancestrales de son peuple. En tant que futur chef de clan, il devrait les abattre sans état d'âme. Mais, dans l'insouciance de ses dix-sept ans, Serguei se dit qu'il aura tout le temps de le faire plus tard. Pas un instant il ne pense que sa vie est en train de basculer.

Retrouvez toute l'actualité de Pocket sur :
www.pocket.fr

Photocomposition PCA/CMB Graphic
44400 REZÉ

Imprimé en France par

CPi
BRODARD & TAUPIN

à La Flèche (Sarthe)
en mars 2015

POCKET – 12, avenue d'Italie – 75627 Paris Cedex 13

N° d'impression : 3009068
Dépôt légal : novembre 2014
Suite du premier tirage : mars 2015
S22007/02